共和国故事

遍地开花
——国家星火计划全面启动

李 琼 编写

吉林出版集团股份有限公司

图书在版编目（CIP）数据

遍地开花：国家星火计划全面启动/李琼编. —
长春：吉林出版集团股份有限公司，2009.12
　　（共和国故事）
　　ISBN 978-7-5463-1807-3

Ⅰ．①遍… Ⅱ．①李… Ⅲ．①纪实文学 – 中国 – 当代 Ⅳ．①I25
中国版本图书馆 CIP 数据核字（2009）第 236753 号

遍地开花——国家星火计划全面启动
BIANDI KAIHUA　　GUOJIA XINGHUO JIHUA QUANMIAN QIDONG

编写　李琼	
责任编辑　　祖航　　李婷婷	
出版发行　　吉林出版集团股份有限公司	
印刷　三河市嵩川印刷有限公司	
版次　2010 年 1 月第 1 版	2022 年 1 月第 9 次印刷
开本　710mm×1000mm　1/16	印张　8　字数　69 千
书号　ISBN 978-7-5463-1807-3	定价　29.80 元
社址　吉林省长春市福祉大路 5788 号	
电话　0431 – 81629968	
电子邮箱　tuzi8818@126.com	

版权所有　翻印必究
如有印装质量问题，请寄本社退换

前　言

　　自 1949 年 10 月 1 日中华人民共和国成立至今，新中国已走过了 60 年的风雨历程。历史是一面镜子，我们可以从多视角、多侧面对其进行解读。然而有一点是可以肯定的，那就是，半个多世纪以来，在中国共产党的领导下，中国的政治、经济、军事、外交、文化、教育、科技、社会、民生等领域，都发生了深刻的变化，中国人民站起来了，中华民族已屹立于世界民族之林。

　　60 年是短暂的，但这 60 年带给中国的却是极不平凡的。60 年的神州大地经历了沧桑巨变。从开国大典到 60 年国庆盛典，从经济战线上的三大战役到经济总量居世界第三位，从对农业、手工业、资本主义工商业的三大改造到社会主义市场经济体制的基本确立，从宜将剩勇追穷寇到建立了强大的国防军，从废除一切不平等条约到独立自主的和平外交政策，从"双百"方针到体制改革后的文化事业欣欣向荣，从扫除文盲到实施科教兴国战略建设新型国家，从翻身解放到实现小康社会，凡此种种，中国人民在每个领域无不留下发展的足迹，写就不朽的诗篇。

　　60 年的时间在历史的长河中可谓沧海一粟。其间究竟发生了些什么，怎样发生的，过程怎样，结果如何，却非人人都清楚知道的。对此，亲身经历者或可鲜活如昨，但对后来者来说却可能只是一个概念,对某段历史的记忆影像或不存在,或是模糊的。基于此,为了让年轻人,特别是青少年永远铭记共和国这段不朽的历史,我们推出了这套《共和国故事》。

  《共和国故事》虽为故事,但却与戏说无关,我们不过是想借助通俗、富于感染力的文字记录这段历史。在丛书的谋篇布局上,我们尽量选取各个时代具有代表性或深具普遍意义的若干事件加以叙述,使其能反映共和国发展的全景和脉络。为了使题目的设置不至于因大而空,我们着眼于每一重大历史事件的缘起、过程、结局、时间、地点、人物等,抓住点滴和些许小事,力求通透。

  历史是复杂的,事态的发展因素也是多方面的。由于叙述者的视角、文化构成不同,对事件的认知或有不足,但这不会影响我们对整个历史事件的判断和思考,至于它能否清晰地表达出我们编辑这套书的本意,那只能交给读者去评判了。

  这套丛书可谓是一部书写红色记忆的读物,它对于了解共和国的历史、中国共产党的英明领导和中国人民的伟大实践都是不可或缺的。同时,这套丛书又是一套普及性读物,既针对重点阅读人群,也适宜在全民中推广。相信它必将在我国开展的全民阅读活动中发挥大的作用,成为装备中小学图书馆、农家书屋、社区书屋、机关及企事业单位职工图书室、连队图书室等的重点选择对象。

编　者
2010 年 1 月

目录

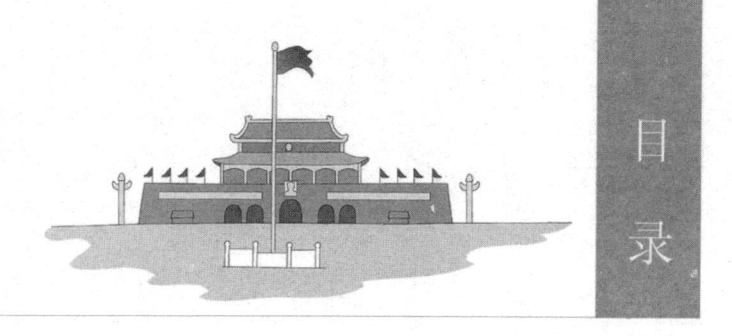

一、中央决策

国家科委提出"星火计划"/002

召开第一次"星火计划"会议/009

中央决定实施"星火计划"/012

二、贯彻实施

全国开始实施"星火计划"/018

"星火计划"在全国普遍展开/026

为"星火计划"筹集资金/029

政府设立国家星火奖/035

发出"星火计划"倡议书/040

举办田间学校和技能培训/043

广西创建信息服务站/049

河南农民依靠科技致富/051

海归学子带动农民致富/054

推广良种的"星火计划"带头人/056

种香菇的"星火计划"带头人/059

致力科研的"星火计划"带头人/064

不断培育西瓜新品种/067

目录

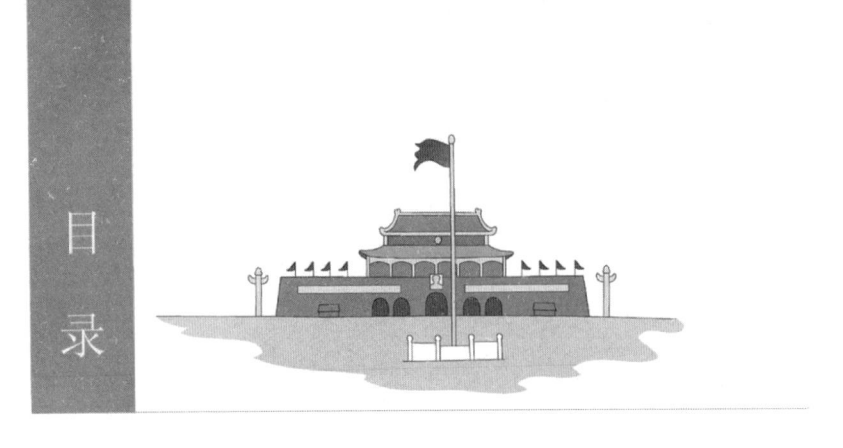

为"星火计划"而献身的人/069

"星火计划"获得巨大成功/080

三、人民受益

贵州湖南依靠科技脱贫/084

造福家乡的"星火计划"带头人/087

"星火计划"带头人带领乡亲致富/096

葡萄大王热心助人脱贫/100

争做"星火计划"的火炬手/103

各方盛赞"星火计划"造福人民/112

一、中央决策

- 宋健说："我们把这个科技计划叫作'星火计划',相信科学技术的'星星之火,可以燎原'。"

- 吴明瑜在大会上说："'星火计划'是一个新事物,有的同志提出这样那样一些不同看法,是可以理解的。"

- 宋健后来回忆说："就在这次会议上,提出了出台'星火计划'……"

国家科委提出"星火计划"

1985年5月22日,中华人民共和国国家科学技术委员会(以下简称"国家科委")向国务院提出《关于抓一批短、平、快科技项目促进地方经济振兴的请示》,国家科委在请示中提出:

> 要求广大科技人员开发出一批针对中小企业,特别是乡镇企业的项目。这类项目的特点是科技成果商品周转期短,应用技术与农村现有水平相适应,取得经济效益快。

国家科委在《关于抓一批短、平、快科技项目促进地方经济振兴的请示》中引用了一句话:

> 星星之火,可以燎原。

这个请示中提出的科技扶贫计划,因此被命名为"星火计划"。寓意为科技的星星之火,必将燃遍中国的农村大地。

"星火计划"针对第七个五年计划,即从1986年到1990年的经济和社会发展计划,确定了3个具体目标:

1. 开发 100 种适应于农村的成套技术装备，并组织大批量生产，供应农村；

2. 建立 100 个示范性的乡镇企业，并提供全套工艺技术、管理规程、质量控制方法等；

3. 为乡镇企业每年短期培训 20 万农村知识青年和基层干部。

"星火计划"的提出与《关于科技体制改革的决定》有着密不可分的关系。

1985 年年初，国家科委主任宋健亲自领导了起草《关于科技体制改革的决定》的工作，为全面落实"科技面向经济""经济依靠科技"的指导方针开辟了广阔的道路。《关于经济体制改革的决定》中强调指出：

> 随着经济体制的改革，科技体制的改革越来越成为迫切需要解决的战略性任务。

1985 年 3 月 13 日，中国共产党中央委员会政治局（简称"中央政治局"）会议讨论通过《关于科技体制改革的决定》。中国开始在全国实行科技体制改革，并明确了这样的科技发展方针：

> 经济建设必须依靠科学技术，科学技术工

作必须面向经济建设。

这个方针为广大科研院所和科技工作者面向农村经济主战场，向农村推广科技成果，帮助农村发展经济提供了契机。

与此同时，国家科委党组织根据中央关于制定国民经济第七个五年计划的建设中规定的方针政策，对"七五"期间与科技政策有关的几个重大问题向国务院提出了建议。建议中认为：

> 在近期内，我国在高技术领域内和发达国家竞争的条件尚不成熟，新兴技术，特别是高技术，对中国的未来，无疑具有重大意义。但目前，我们无力把它列为科技工作的战略重点。今天我们最需要的，从全国范围来说，可能不是一兆位的集成电路或者第五代计算机等，而是埋头苦干，坚定不移地把改革放在首位，理顺社会各方面的关系，大力推广、扩散和开发那些效果好、见效快的适用的科技成果。

就是在这种情况下，国家科委经过反复考虑，提出了著名的"星火计划"。

"星火计划"是经中国政府批准实施的第一个依靠科学技术促进农村经济发展的计划，是我国国民经济和科技发展计划的重要组成部分。其宗旨是：

把先进适用的技术引向农村，引导亿万农民依靠科技发展农村经济，引导乡镇企业的科技进步，促进农村劳动者整体素质的提高，推动农业和农村经济持续、快速、健康发展。

"星火计划"的主要任务和奋斗目标是：

认真贯彻中国政府关于大力加强农业，促进乡镇企业健康发展的方针，引导农村产业结构调整、增加有效供给，推动科教兴农。

积极促进并实际推动农村经济增长方式由粗放型向集约型转变，依靠科技进步提高劳动生产率和经济效益，引导农民改变传统的生产生活方式。

建设一批以科技为先导的星火技术密集区和区域性支柱产业；推动乡镇企业重点行业的科技进步；推动中国西部地区经济发展，培养农村实用技术和管理人才，提高农村劳动者整体素质。

"星火计划"的主要内容是：

支持一大批利用农村资源、投资少、见效快、先进适用的技术项目，建立一批科技先导型示范企业，引导乡镇企业健康发展，为农村产业和产品结构的调整做出示范；

开发一批适用于农村、适用于乡镇企业的成套设备并组织批量生产；

培养一批农村技术、管理人才和农民企业家；发展高产、优质、高效农业，推动农村社会化服务体系的建设和农村规模经济发展。

1985年7月24日，国家科委发出关于安排第一批"星火计划"项目的通知。

与此同时，国家科委还制定出选择项目的原则和要求，计划与项目管理，可行性研究与经费等重要内容。

在《关于抓一批短、平、快科技项目促进地方经济振兴的请示》获国务院批准后，经费很快得到了落实。中华人民共和国国家计划委员会（简称"国家计委"）和财政部的领导都非常支持这一计划，虽然当时已过半年，但经费上仍给予优先，一路开"绿灯"。国家各部委更是积极，从当时各自掌管的少量的经费中挤出几千万元人民币和几百万美元支持第一、第二批"星火计划"项目。

国家科委副主任杨浚、吴明瑜等领导亲自出面组织这一计划的实施。

8月20日，第一批28个项目经审查批准正式下达。

8月21日，国家科委发出《关于执行"星火计划"程序暂行规定的通知》。

后来，宋健在谈起国家科委提出"星火计划"的缘由时，回忆说：

> 十一届三中全会后，邓小平同志主持和领导了改革开放，迎来了一个科学技术的春天。
>
> 1982年，在小平同志的主持下，中共中央提出了"科技工作要面向经济建设，经济建设要依靠科技工作"的方针。
>
> 根据这个方针，1985年，党中央和国务院制定并颁布了科技体制改革的决定，当时，国家科委党组反复进行了认真的研究，如何能够把科技工作的力量和我们的经济建设相结合，让科学技术为经济建设服务。大家认为，20世纪80年代初的农村还很落后，无论是耕作技术、品种和农民的收入水平都是比较低的。当时党组的同志一致认为，科技工作者要把现代科学技术送到农村，要使亿万农民受益，提高我们农业生产水平，要彻底解决我国长期食品短缺的矛盾。我们决定要策划、发起一个计划，调动全国的科技工作者到农村去，把先进实用的科学技术在农村大力推广。

这个计划要有一些切实可行的措施：

第一是要组织中央到地方，一直到县、区、乡的科技系统形成一个网络，把一些先进实用的技术通过这个网络在农村大规模地推广；

第二就是要用科学技术大力支持乡镇企业的发展，提高乡镇企业的科技水平、装备水平，要支持和引导乡镇企业发展对农产品加工，指导与农业有关的乡镇企业，能够形成一批龙头企业；

第三就是要开阔眼界，向所有的发达国家和中等发达国家的农业、农村经济学习；

第四就是培养干部，培养农村中青年，特别是青年一代的知识青年和部队转业复员的青年，培养一大批农村科技带头人。我们把这个科技计划叫作"星火计划"，相信科学技术的"星星之火，可以燎原"。

召开第一次"星火计划"会议

1985年10月10日,正值菊花盛开的金秋时节,全国第一次"星火计划"工作会议在江苏扬州举行。

国务委员、国家科委主任宋健亲自主持这次会议。全国除台湾外,29个省、直辖市、自治区,国务院28个部门的科技部门负责同志,两所高等院校,国家科委驻外人员及新闻界代表共160多人出席了会议。

在开幕式上,江苏省委副书记孙颔发表讲话,他在讲话中指出:

"星火计划"的制定,体现了"依靠、面向"这一战略方针,它适应了广大中小企业、乡镇企业和农村经济发展的迫切需要,把科学技术广泛地引向农村,直接为振兴地方经济服务。中小企业和乡镇企业在江苏的经济建设中,具有举足轻重的地位。

杨浚受国家科委党组委托,代表国家科委在会上做了工作报告。他在报告中阐述了制定"星火计划"的目的和意义,分析了乡镇企业、中小企业的优势和劣势,指出乡镇企业、中小企业的发展是中国具有战略意义的大事。"星火计划"不是单纯搞几个项目，而是通过安排一批有代表性和有影响的项目，起到示范作用、培养人才作用，进而在大范围应用推广，逐渐达到"星星之火，可以燎原"之势。这是当前农业发展所必需，乡镇企业、中小企业生存所必需，也是振兴地方经济所必需的。

吴明瑜在大会上针对社会上当时有些同志对"星火计划"认识不清，对乡镇企业有不同看法，谈了他对"星火计划"的几点认识。他说：

> "星火计划"是一个新事物，有的同志提出这样那样一些不同看法，是可以理解的。对"星火计划"的不同意见，从根本上讲是由于对当前乡镇企业的看法不同而产生的。"星火计划"的宗旨是要振兴地方经济，重点是积极促进乡镇企业的技术进步。对乡镇企业的看法不一致，当然对要不要搞"星火计划"的看法也不一致。因此，讨论问题要先从根本上讨论，到底乡镇企业在我们整个国民经济中的地位和作用如何？

宋健在会上做了《埋头苦干，为振兴经济而奋斗》的报告。他在报告中明确提出：

> 科学技术要为振兴地方经济服务，同时，

"星火计划"的目标就是动员和引导全国的高等院校、科研部门、产业部门，为振兴地方经济服务，为把科学技术引向8亿农民的农村、乡镇，为提高全民族的劳动生产率贡献力量。

宋健指出："星火计划"的实施会起到用科学技术改变人们的落后生活方式的作用。如果能够把这条路走通，在中国共产党人为之奋斗的振兴经济伟大任务中，增设这样一座桥梁，把科学技术送到广大农村落户，把现代文明之火在农村燎原起来，那我们这一代人就算是为中华民族的进步尽到了一份责任，积下了一件功德。

把现代化生产方式引入农牧渔业生产，提高产量，满足人民的需要，这在当时是一件带有重要政治意义的迫切任务。

当时，全国经济在持续、稳定、健康发展的同时，有些地方副食品价格有上升的趋势。有人从"菜篮子里看形势"，产生了对经济改革的误解。如果在两三年内把农副产品的生产和加工业搞上去，将是保证改革顺利进行的最有效的实际行动。这也正是经济改革所要达到的目标。"星火计划"恰恰把农产品加工，水产、家禽养殖业，海洋资源开发等列在14个领域的最前面，具有重要的政治意义。

"星火计划"是科技界为落实"面向""依靠"方针所执行的第一个全国性计划。

中央决定实施"星火计划"

农村实行了联产承包制以后,农民起早贪黑地在自己的土地上拼命干,但劳动生产率依然很低。农民想致富,但怎样才能更快地富起来呢?

当时,杨浚是国家科委副主任,这个重大的历史命题,日日夜夜牵动着他的心。

这时,国家科委在河北省召开了一个山区工作会议。杨浚分管这一片的工作,他和国家科委在太行山搞试点的攻关局副局长奚惠达一起前往河北参加这个会。

会前,杨浚和奚惠达深入太行山区实地考察。他们来到河北农业大学养兔的试验点。河北农业大学的老师向他们介绍说,原来农民养兔,就是在地上打个洞。兔子身上有一种寄生虫,兔子传染上了这种寄生虫就会患球虫病。这种寄生虫是通过粪便传染的,由于兔子把粪便拉在地上,这种寄生虫很容易就传开了,兔子便会接二连三地死去。因此,养兔在这里很难推广开,也难以致富。

这个农业大学的老师说:"我们只推广了一项技术,就是给兔子搭个简易的小屋,让兔子住在格子板上,粪便通过格子漏下去,兔子接触不到粪便,就传染不上寄生虫,也就不会得球虫病,兔子就能一窝窝顺利地繁殖。"

杨浚听了非常高兴。他一户户到农民家中去看，与农民交谈。农民告诉他，养兔子成本低，兔子繁殖快，一公一母，3个月下一窝，一窝10多只，不用买饲料，兔子就吃点儿槐树叶和草，养殖户一年可以挣几百元。

杨浚还上山去考察了饲料资源，只见洋槐树满山都是，树叶随手可摘。河北农业大学的老师告诉他，洋槐树叶含有丰富的蛋白质，是很好的饲料。

"资源加技术就是财富啊！"杨浚感慨万千。

接着，杨浚又来到河北农业大学推广修剪果树的试验点，只见满山遍野都是枣树、柿树。板栗树原来要10年左右才挂果，这里经过修剪的板栗树才3年就已经挂果了。

河北农业大学的老师告诉他，太行山果树资源很丰富，但农民不懂科学，从来不修剪。他们来推广剪枝，开始时农民不信，有些农民怕他们把果树剪坏了，专门在果树上挂上块牌子：此树不剪。可是，第二年，这些农民看见修剪的果树结得特别好，思想上受到很大触动，就都抢着让农业大学的老师为他们的果树剪枝。

杨浚听了高兴地笑了。

在山区工作会议上，杨浚和大家进一步研讨山区技术开发中的问题。

在山区考察的时候，一些怪现象曾经使杨浚十分困扰：国家发给农民良种，有些农民将良种煮了当饭吃了；

给他们种羊繁殖，有些农民将种羊杀了，把肉吃了；政府提倡封山育林，有些农民将树砍了当柴烧了……是农民不欢迎科技吗？

杨浚经过认真考察，终于知道农民之所以这样做，是因为他们没有吃的，没有烧的。连眼前的生计都无法解决，农民又怎么能够去热爱科学技术呢？

1983年12月15日，杨浚给万里、方毅副总理写了《关于科技进山，振兴山区的报告》。

杨浚在报告中提出，为什么科学技术成果不能为广大农民所接受的问题。他认为，一个重要的原因就是适用技术的开发没有受到应有的重视。

在报告中，杨浚还提出"如何解决农民当前的生计问题""什么是技术选择的正确原则"的问题。

杨浚的这份报告受到国务院的重视。国务院把杨浚的这份报告作为参阅文件转发给在京的政治局委员，中央书记处书记及党中央、国务院各部门，各省、自治区、直辖市政府。

杨浚通过对山区的深入考察和研究，找出了将科学技术与贫穷落后的农民联结起来的桥梁，这就是适用技术。就像太行山区的剪枝、养兔一样，适用技术能很快被农民群众所接受，农民群众能够很快见到经济效益，这样的技术能够解决农民当前的生计问题。所以，这样的科学技术能很快变为亿万农民征服自然、创造财富的武器。

这条技术路线正是"星火计划"产生的基础。因为当时正有排球热，所以农民群众形容这种技术为"短、平、快"。这些短、平、快项目的商品化周期短，与广大农村技术水平相适应，能够很快取得经济效益。这样，就能提高农业生产水平及乡镇企业的科学技术水平。

杨浚在深思熟虑的基础上，主持起草并签发了《关于抓一批短、平、快科技项目促进地方经济振兴的请示》，报送国务院。

"星火计划"就在这样的背景下应运而生了。

1985年元旦，国家科委的一些领导没有休假。他们在科委主任宋健的办公室召开了党组会议。后来，宋健回忆起这次会议时，说：

> 就在这次会议上，提出了"星火计划"。我们党组的很多同志都是从农村出来的，他们对农村贫困的生活、古老的自然经济很熟悉，对农民很有感情，都感到农民那么辛苦还那么穷，甚至不得温饱。中国的农民为人民民主革命作出了巨大贡献，多少农民流血牺牲换来了今天的一切，但他们现在仍然还很贫困，说起来大家心里都很难过。
>
> 会议很快取得了一致意见，动员全国科技界的一批科技人员到农村去，到农民中去，传播科学技术。要把农村的科技工作提到战略高

度和战略地位来抓，发起制定一个计划，大家给它取名叫"星火计划"。星星之火，可以燎原！

1986年1月1日，中共中央1号文件指出：

中央和国务院批准国家科委实施"星火计划"。

后来，宋健在谈起"星火计划"的出台时，说：

1986年我们正式报国务院和中央，立即就得到了批准，当时国务院常务副总理万里同志非常兴奋，他说这个计划太好了，名字也好，把科技送到农村，逐步把自给自足的原始生产方式转变过来。我说，把科技的恩惠撒向农村，充分发挥科学技术的巨大作用，用现代科学成果来改造农业和农村经济。

"把科技的恩惠撒向农村"，这句话成了"星火计划"的指导思想。

后来，在实施"星火计划"过程中，宋健还经常引用教育家陶行知的一句话"捧着一颗心来，不带半根草去"，这句话后来也成了"星火计划"工作者的座右铭。

二、 贯彻实施

- 万里深有感触地说:"农村、乡镇需要科学技术太迫切了。现在吸收科学技术积极性最大的是在农村。"

- 宋健后来回忆说:"杨浚同志曾经是国家科委的副主任,我们请他出来做'星火司令',主持这项工作。"

- 病中的杨浚用手指不停地敲击着桌子,一个字一个字艰难地说:"'星火计划'一出台,就受到广大农民的欢迎。"

全国开始实施"星火计划"

全国第一次"星火计划"工作会议结束以后,国家科委立即起草关于实施"星火计划"的报告。

1985年11月18日,宋健、杨浚写信给国务院副总理万里,将国家科委关于实施"星火计划"的几个报告及有关材料一并送上,恳请得到万里指示。

11月19日,万里阅后立即批转中央政治局委员田纪云:

> 此两件已阅,所提意见可行,请你在农业会议上提出。大家讨论后可把一些决定的问题写入1号文件上,请斟酌。

1985年11月20日,万里就"星火计划"召见宋健、杨浚时,深有感触地说:

"我看了你们的报告,完全同意。我已批给田纪云同志了,请他办。农村、乡镇需要科学技术太迫切了。现在吸收科学技术积极性最大的是在农村。那里的人们迫切要求提高劳动生产率,创造更多产品,摆脱贫困以致富。但是,缺少知识,没有技术,没有人才。

"我最近到沂蒙山区,1938年我在那里打过游击,47

年了,那里的人民才刚解决温饱。关键问题是政策和科技。

"十一届三中全会以后,中央主要解决了上层建筑解放生产力的问题,把农村放活了,形势越来越好。农村要继续发展,现在主要靠科技。那里管理灵活,求技若渴,资源丰富,人力充沛,广阔天地,大有作为。科技部门应该在那里大力发挥作用。中国的振兴,最终要靠8亿农民的兴起,哪怕有4亿人民达到苏南的水平,就不得了。只要农村振兴了,中国就定会成为一个经济大国。

"前几年我就想提出科技要为乡镇经济服务,为振兴乡镇经济做工作。后来考虑条件尚不成熟,未正式提出。现在情况不同了,条件已经成熟了。你们提出'星火计划',是向农村送'星火',非常对,这是广大农民的迫切要求。那里的广阔天地,大有可为,你们大力而为,坚持几年,肯定大有成效。"

1986年,中央把"星火计划"写入中共中央1号文件,决定在全国实施。杨浚被任命为实施"星火计划"的负责人。

宋健后来回忆说:

> 杨浚同志曾经是国家科委的副主任,我们请他出来做"星火司令",主持这项工作。他很快就带头下去了,到基层去亲自作调查,亲自落实工作,给基层很多指导。"星火计划"的启

动工作主要是杨浚同志做的，搞了几年，起了很大的作用。

杨浚这个"星火司令"一上任，立刻从国家科委10多个部门里，调兵遣将组成了"司令部"，即后来的"星火计划"办公室。在"司令部"的指挥下，科技星火便在全国点燃了。

杨浚十分重视调查研究。他组织人马，兵分几路，到各省、市，到基层去调查研究。他自己亲自到江苏、浙江、广东、广西、河南、河北、山东、山西、内蒙古、福建……深入调查研究，几乎走遍了祖国大地。他一边调查，一边指导基层实施，一边吸取群众中好的经验。

杨浚是一个不辞辛劳、不知疲倦的领导者。到基层去调查研究，无论刮风、下雨、下冰雹，都挡不住他；年轻人都累得吃不消了，他照样干劲冲天地在工作。

1986年3月，杨浚在安徽的调研结束，坐汽车赶到浙江常山时，已是21时多。他顾不上休息，也顾不上吃饭，边吃点心边听汇报，连夜还到常山食用菌研究所去看项目。23时多，他又马不停蹄赶路到巨县考察。

在山东临沂考察时，当晚又是风又是雨，县科委主任一再劝阻，他仍坚持上路，24时多才赶到枣庄。

在河北张家口考察时，他在途中碰上百年不遇的大冰雹，马被打得直蹦，汽车顶上叮当乱响，眼看山洪就要下来了，形势十分危险。杨浚临危不惧，晚上赶到张家口后，照样开座谈会调查。杨浚就是这样风风雨雨地跑遍了祖国大地。

1986年5月，杨浚带领一行人来到山西。杨浚一到山西，立即赶去星火点，他要亲耳听，亲自作实地考察。仲济学只好陪着他一个县一个县、一个点一个点、一家一户地仔细考察。

汽车来到广灵县的麻地沟，山路太崎岖，汽车开不进去。

"杨主任，车进不去。咱们别进去了，我们给你汇报吧。"仲济学劝说着。

"不，车进不去，咱们就走嘛。"杨浚满不在乎地说。

仲济学感到十分为难。他知道这里都是山路，很难行走；杨浚当时已是花甲老人了，自己这样接待中央来的领导同志合适吗？

仲济学正在犹豫不决，杨浚却十分坚决地说："走吧，走吧！"

仲济学只好陪着杨浚在山路上艰难地行走，他们爬了半个多钟头的山路才进了麻地沟。

一进村，杨浚不歇也不坐，直奔水井。他在井边看了半天，问道："这井怎么这么深？水够不够吃？"

老乡告诉杨浚，井里的水很少，一掏就干了，全村人轮着打水吃，只够做饭，连洗碗的水都没有。杨浚听了非常难过。

杨浚跑得又干又渴，老乡倒了一碗水给他。因为没有水洗碗,盛水的碗很脏。

老乡拿出一块布擦碗,那布又脏又黑,仲济学不禁开始担心,这样黑的擦碗布,这水,杨副主任能喝吗?没想到,杨浚接过来就喝了。

杨浚充满感情地对仲济学说:"要集中力量先帮老乡解决吃水问题。不要以为这件事与科技无关、与星火无关,我们就不管。科技是靠人来搞的,首先得解决人的生存问题。"

杨浚对农民的深厚感情深深打动了仲济学的心。正是怀着对广大农民的无限热爱,杨浚才决心把"星火计划"搞好。

在麻地沟,杨浚亲自到地里看,直接和老乡交谈,了解到这里非常贫困。他对仲济学说:"咱们科委要用星火科技,给群众雪中送炭,首先帮助农民摆脱贫困。"

这次,杨浚从太原一直走到大同,看完了山西的北半部。这一年9月间,杨浚又来到山西,从太原一直走到陕西边境,看遍了山西南半部。

后来,杨浚的一个朋友说:"我原以为,杨浚是搞化工的,只对化工熟,没想到他对农业也这么熟悉,看得这么准。他肯定的项目后来都被实践证明搞对了。"

杨浚在祁县看了窑洞苹果保鲜项目,认为这个项目还可以加大力度。山西省科委对这个项目加大了投资,果然,这个项目成了县里的支柱产业,又成了全国星火项目。

杨浚在洪洞县看了甲鱼养殖项目后说:"随着人民生活水平的提高,保健食品一定会受到欢迎,甲鱼身价也会很快提高。"

山西省科委按杨浚的意见推广了这个星火项目,太原以南的很多地方都搞了甲鱼养殖。很快,甲鱼身价百倍,销往各地,出口国外。杨浚的话再次被实践证实了。

杨浚一边考察,一边结合实际项目与仲济学交谈着。他对仲济学说,不要搞科技含量不高的项目,要搞先进适用技术,要结合本地的资源形成商品优势,才能收到明显的效益。老百姓看不到明显的效益,是不会干的。

山西省科委根据杨浚实地考察的意见,将省里的星火项目重新进行了调整。

仲济学后来回忆说:

> 我们原来摊子铺得大了些,跟他走了一趟,对怎样实施"星火计划"弄明白了。我们把一些技术含量低的项目筛掉了,对一些好项目加大了投资,有的上了规模。杨浚这两次来,对我们山西科委的工作起了很大的促进作用。可以说,"星火计划"是科委干得最辉煌的一件事。

由于进行了深入的调查研究,"星火计划"一出台,就对计划目标、规模、步骤、方法都制定得比较切合实际。比如，对实施项目，一开始便准确地定了 10 个技术开发重点：水产养殖、水禽家禽、草食家畜等的优良品种、快速繁殖；水果的保鲜及加工；山区土特产资源的综合开发利用和加工；油脂棉麻经济作物的深度加工和综合开发利用；生物技术在农业、食品、饮料和医药生产中的应用以及林产品、建筑材料等的开发等。这些星火项目如雨后春笋，迅速在广大农村和乡镇企业搞起来。

这些项目选得准、见效快、经济效益好，于是一炮打响，使农民享受到了科学技术的恩惠。农民看到了科学技术的威力，科技意识萌发了。

在深入调查研究的基础上，杨浚又和大家一起规定了 10 条选择、使用、开发新技术的原则：

先进适用的技术；

充分运用现有的科技成果；

小型化、专业化、现代化、高效益；

尽量利用现有企业或科研单位的基础来组织实施；

产品要有广阔的市场和可靠的资源；

防止污染，少用能源；

不与大企业争原料；

……

这些规定都针对在"星火计划"实施中普遍存在的

问题，由于调查得深入、抓得准，保证了"星火计划"一开始便沿着正确的轨道健康发展。

在"星火计划"的实施过程中，杨浚起到了十分重要的作用。

"星火计划"实施10周年时，一个记者去采访杨浚这位"星火司令"。当时，他已经病得很厉害了，连话都说不出来了。但是，一提起"星火"，他还是那样激动，面部抽动着，用手指不停地敲击着桌子，一个字一个字艰难地说："'星火计划'是在改革的年代应运而生的。当时，农村家庭联产承包制搞起来了，农村经济活跃了，农民要求致富，科学技术在农村有了用武之地，所以，'星火计划'一出台，就受到广大农民的欢迎。"

"星火计划"在全国普遍展开

1985年12月2日,国家科委由宋健亲自签发向国务院呈报《关于实施"星火计划"的请示》。

《关于实施"星火计划"的请示》中指出:

"星火计划"以养殖业、农产品加工、山区和滩涂的开发、农用建材的开发等为重点,不仅不会影响农业的发展,反而会促进粮、棉、油及山区经济作物的发展。如江苏采取以工促农的政策,在乡镇企业大发展的情况下,使它的工农业总产值连续4年居全国首位,而它的粮食仍稳定增产,人均占有粮食1000斤以上,高于全国人均800斤的水平。我们觉得,在以上几个方面普及推广科学技术,将大大提高副食品的产量和农业劳动生产率,这本身也是对平稳物价、支持改革的贡献。

12月7日,国务院做了重要批示:

这是件值得重视的大措施,建议予以大力支持。科技要为农村经济服务,农村经济要依

靠科技才能进一步发展和提高。这应成为今后一条重要方针而突出起来。科技为农村经济服务，国家科委提出的"星火计划"是一个好形式。建议以上想法能写入明年1号文件。

12月12日，田纪云在中央农村工作会议上说：

加强对农村工作领导的一个重要问题是，必须充分重视农村科技工作。"一靠政策，二靠科学"，是我们发展农业的正确方针。政策的作用，特别是政策的整体作用还要继续发挥，但科学技术的作用将日益突出。中国振兴，最终要看8亿农民的兴起。

……

国家科委倡议制定的"星火计划"，提出通过一批示范项目把现代技术的火花引向乡镇企业，引向农村，这个想法很好，各方面应该积极支持，搞好试点，使之逐步向纵深发展。

12月18日，国务院领导在听取农村工作会议汇报时指出：

科技支援农业的问题，国家科委提出的"星火计划"是一种好形式。科技要为农村经济服务，农村经济要依靠科技才能进一步发展和提高。这应当成为今后一条重要的方针，农业增产的一些关键科研课题，要争取突破。对乡镇企业的改造和提高，也要争取做出成效。我们应当用现代化的科学技术去武装乡镇企业，改造乡镇企业，提高乡镇企业的经济效益。

1986年1月1日，"星火计划"正式写入1986年中央1号文件。中央1号文件指出：

> 中央和国务院批准由国家科委组织实施的"星火计划"，将在"七五"期间开发100类适用于乡镇企业的成套技术装备并组织大批量生产，建立500个技术示范性乡镇企业，为他们提供全套工艺技术、管理规程、产品设计和质量控制方法，每年短期培训一批农村知识青年和基层干部，使之掌握一两项本地区适用的先进技术。这是发展科技服务的一种好形式。各级科技、教育与经济部门，应为实现这个计划密切协作，并本着这个方向，各自做出类似计划，加速农村各业的技术改造。

至此，"星火计划"在中央1号文件精神的号召下，在全国范围内大面积展开，引起了国内外的普遍关注。

为"星火计划"筹集资金

实施"星火计划"第二年,各地报上来的项目一下翻了好几倍,靠国家拨款和匹配投资都不行了。开发项目没有资金,钱从哪里来?

"钱从哪里来?来钱的渠道多得很。"杨浚总是这样对大家说。

在一次大会上,杨浚列举了10多个渠道的钱可以利用。他说:"'星火计划'要长期坚持下去,就要不断增强自我发展能力,不能躺在国家身上光靠国家喂养。仅仅依靠国家拨款总是有限的,应该着眼于从多方面获得支持,其中,主要是金融单位的支持。"

杨浚主张以贷款为主,以自筹为主,以集资为主,国家适当引导的原则。

"贷款?"开始,许多人想不通。之前搞科技项目从来都是靠国家拨款。有人问:"贷了还不上怎么办?"

杨浚说:"贷款是有一定风险的。但是,星火项目不是基础研究,它是商品化周期比较短、取得经济效益比较快的技术开发项目。如果搞项目的人对这么点儿利息都没有把握、没有信心还上,就说明这个项目没效益,不是好项目,不能上。"

杨浚一下子击中了要害,谁也不敢再问"贷了还不上怎么办"了。

开辟一条新路的任务是艰巨的，在过去，科委很少使用贷款，一些干部也不知道怎么去贷。

"老星火"王勇后来回忆起当年的艰辛，说：

> 开始，贷款怎么贷，我们根本不懂，不知渠道怎么打开。我到银行去，人家一听什么"星火计划"，不知道是什么，不要说贷给你钱，连见都不愿见我们，出来个小办事员对付你一下。
>
> 但是，杨浚同志很坚决，让我们去闯，去摸索，去向他们宣传"星火计划"。经过非常艰巨的工作，渠道才慢慢打开……

王勇后来深有感触地说："当时，杨浚如果没点儿魄力，不敢担风险，是打不开这条路的。"

在实行计划经济的年代，人们习惯于等待国家拨给资金实施计划。但是，"星火计划"一上马，在资金问题上，便提出匹配投资，即由国家出三分之一，地方出三分之一，实施项目的企业、事业出三分之一。杨浚认为，这三个三分之一，不仅可以使国家以少量的投资办更多的事，而且可以调动地方和企业的积极性，这是改革机制、市场机制。实践证明，这个办法是成功的。后来其他科技开发计划都仿效这个办法。

贷款，把"星火计划"推上了市场经济的管理水平。星火项目还款都非常好。后来，银行对星火项目非常支持。农业银行不仅将人民银行分给"星火"的这块规模贷给"星火"，而且将农业银行其他的规模也分了一部分贷给星火项目。

"星火计划"开创了科技与金融结合的先河。杨浚还提出在国家、省、地（市）、县建立四级星火发展基金。后来的实践证明，凡是建立了星火发展基金的地方，"星火计划"实施得都比较好。

"星火计划"不仅使用国内银行的贷款，还使用了世界银行的贷款。

杨浚在"星火计划使用世界银行贷款座谈会"上说：

> 实施"星火计划"需要从国外引进一些先进适用技术和小型装备，需要引进一些国际上先进的成人培训技术和设备，还需要派出和引进一些人才，等等，都需要外汇，而国家外汇又很紧张，因此，通过世界银行贷款是很必要的；"星火计划"是一些商品化周期短、经济效益好的项目，还款也是有把握的……

在国家科委党组织的领导下，宋健、杨浚等做了很大努力，终于争取到世界银行给"星火计划"贷款1.143亿美元，开创了世界银行给科技项目贷款的先河。

后来，国家科委用世界银行的这些贷款支持了108个星火工业项目，4个先进的星火人才培训基地，3个省、市科技信息系统及国家、省、市"星火计划"管理信息系统。

在组织领导"星火计划"实施过程中，"星火司令"杨浚不仅有改革的精神，而且有系统的思想，注意抓配套。他不仅定准总目标和每个阶段的目标，而且从资金、装备、人才培训、管理、奖励办法、国际合作等各个方面组织落实，逐步形成一套比较完整的体系。

从1985年在扬州召开第一次全国星火工作会议开始，紧接着，1986年开成都会议，1988年开广州会议，1989年开兰州会议，1990年开潍坊、绍兴会议，1994年开德阳会议。一次会议留下一个里程碑，一次会议跨上一个新台阶。

在国家科委的领导下，全国各地科委和广大的"星火"战士，使"星火计划"取得了有目共睹、有口皆碑的效果。

截至1997年，共组织实施8.5万个星火项目，建立了127个星火密集区、217个支柱产业，建立了60多个国家级星火人才培训基地，累计培训技术、管理人才4773万人次，对推动农村经济的全面发展和现代化进程起到了重要作用。

1988年，杨浚带团到东欧考察适合引进的星火技术和装备，并不断地从一个国家前往另一个国家。

5月21日晚，杨浚正在波兰考察。深夜，他想起来上厕所。突然，他发现自己左边身子不能动弹了。

杨浚急切地翻身滚到地毯上，连滚带爬地打开房门呼救。经华沙的医院诊断，他患了脑血栓。

1989年5月，杨浚的身体稍有好转，他又立刻回到自己的办公室，开始上班。

尽管医生一再叮嘱杨浚要注意休息，尽管医生只允许他上半天班，但是，发条一拧上，他就停不住摆。他一直在为"星火"思考种种问题，在为"星火计划"上台阶、上档次准备材料。

杨浚提出：

要创建星火产业开发集团，建立产前、产中、产后全程服务体系；要建立全国性支柱产业，形成强大的商品基地；要开拓国际市场。

5年内，发展100项产值上千万元，10项产值上亿元的重点产业。

杨浚的这些思考后来成为"星火计划"进一步发展的蓝图，写进了"星火计划""八五"发展纲要。

从1990年下半年起，杨浚便开始出差。这时，他已是寸步难行，上下车、大小便都非常困难。但是，他坚持坐着轮椅、挂着拐杖，到车间、到工地、到现场实地考察，白天跑一天，晚上还要召集会议讨论。

为了减少出行麻烦，杨浚常常不敢喝水。有时会议时间太长，他甚至尿湿了裤子……

就是在这样艰难的情况下，杨浚到淄博、潍坊、绍兴、吉林、福建等地，帮助当地发展支柱产业、规划星火密集区，促进"星火"上档次、上台阶。他如饥似渴地工作着，考察项目，参加会议，实地指导。

杨浚身边的同志感受到杨浚那忘我的精神，看着他那艰难的行动，看着他由于过度劳累而越来越坏的身体，他们才真正懂得了什么叫"奋不顾身"。

1999年1月8日上午8时，"星火司令"杨浚与世长辞……

杨浚，为"星火"而病，为"星火"而死，为"星火"熬尽了最后一滴心血，为"星火"鞠躬尽瘁……

政府设立国家星火奖

1987年,为鼓励实施"星火计划",促进中小企业、乡镇企业和广大农村科学技术进步,振兴地方经济,国家设立星火奖。

国家星火奖包括星火科技奖、星火人才培训奖、星火管理奖、星火优秀青年奖和星火示范企业奖。获奖者可以是单位、集体和个人。国家星火奖分国家和省、区、市两级。

星火奖规定:

开发或者推广、应用了先进技术;具有引导性和示范性;投资省、见效快、经济效益显著的项目完成者,给予星火人才培训奖。

在培训专业技术人才方面有重要贡献的,给予星火科技奖。

在实施"星火计划"的组织管理工作中有重要贡献的,给予星火管理奖。

在振兴地方经济中做出突出成就的优秀青年,给予星火优秀青年奖。

在振兴地方经济中具有引导和示范作用的先进企业,给予星火示范企业奖。

但是，如果企业生产或开发的项目，严重污染环境、损害宝贵资源、破坏生态平衡，则不予授奖。

各省、自治区、直辖市评选相应级别的星火奖，并选数项报送国家科委。由国家科学技术委员会成立的国家星火奖评审委员会，负责国家级星火奖的评审、批准和授予工作。

星火奖每年评定一次，主要以精神奖励为主，以物质奖励为辅。奖励形式、奖金金额由评审机构确定。

1989年，全国著名育种专家李登海主持的"玉米良种选育及其推广"科研项目荣获国家星火奖一等奖。

随着登海种业在中小板的上市，李登海与世界"杂交水稻之父"袁隆平并称为"南袁北李"，并被誉为"杂交玉米之父"。

从1972年起，李登海一直进行紧凑型玉米杂交种的育种研究。他先后选育玉米高产新品种30多个，6次开创和刷新了我国夏玉米的高产纪录。这些新品种获得了大面积的推广，最多时推广种植面积占到全国玉米总种植面积的三分之一。其中"掖单13号"年推广面积曾超过3000万亩。

李登海先后有10项科研成果获省级以上奖励。其中，1989年，"玉米良种选育及其推广"获国家星火科技一等奖。

在当时世界玉米栽培史上，有档案记载的有两个人，一个是美国先锋种子公司的创始人华莱氏，他是世界春玉米高产纪录的保持者；一个就是李登海，他是世界夏玉米高产纪录的创始者。

由于李登海一向低调，所以少为人知，但他培育的"掖单"系列高产玉米种子却是家喻户晓。

李登海的人生与玉米是不可分割的，他研制出来的杂交玉米品种让我国的玉米产量达到了世界先进水平，同时，玉米也成就了李登海人生的辉煌。

1985年4月，李登海创办起我国第一个集科研、生产、推广、经营于一体的农业民办科研单位，即莱州市玉米研究所。

1993年5月，莱州市研究所被升格为莱州市农业科学院，下设玉米、小麦、蔬菜、果树4个研究所和1个负责推广经营的远征种子公司。远征公司的出现，为后来的登海种业打下了基础。

1998年，登海种业有限公司成立。随后，登海种业就开始了一系列的并购活动，有力地促进了中国农业的发展。

李登海经过20多年的攻关探索，先后5次开创和刷新了我国夏玉米的高产纪录；同时开创了小麦、玉米一年两季亩产1576公斤的世界粮食单产最高纪录。他在我国率先确立了紧凑型玉米育种的方向，开创了我国玉米生产上应用紧凑型玉米杂交种的新时代。

李登海先后选育出16个在我国玉米育种上被广泛应用的具有株型紧凑、抗病、抗倒、高配合力等突出优点的骨干自交系，特别是选育出被誉为我国选育亩产900公斤产量水平的新品种基础自交系478，该品种被我国玉米育种科研单位广泛地利用，先后育成了22个掖单系列玉米杂交种及一大批紧凑型玉米新组合。

从1996年开始，该系列玉米品种年推广面积达1.3亿亩，每年为国家增产粮食100亿公斤以上，社会效益100亿元以上。

其中，掖单13号创造了全国春玉米亩产的最高纪录和世界夏玉米的最高纪录。掖单12号从1988年开始出口创汇，成为我国唯一连续6年打入国际市场的玉米良种。

同时，中早熟、抗病、高产夏玉米新品种登海1号在日本雄本的评比试验中，超过其他几个国家种子公司的品种；中晚熟、紧凑、大穗型玉米杂交种掖单22号是目前我国春夏玉米区的高产型玉米新品种。

李登海的成功绝非偶然，他对玉米研究到了痴迷的程度，天天都在与时间赛跑。为了延长玉米育种事业的生命周期，一年当两年用，从1977年开始，他每年的夏季都在山东育种，每年的冬季再到海南育种，至今已在海南度过了数个春节。

李登海是个感情极为丰富的人，每每说到春节时不能膝下尽孝、妻儿不能团聚，就黯然神伤。但为了中国的玉米事业，他以前甚至以后依然会冲出亲情的包围，毫不迟疑地奔向海南。只是到了每年的大年三十晚上，李登海才会真情流露。他率领远离家乡的育种人，面向北方，高举酒杯，高唱着《三百六十五里路》，祝福亲人平安幸福、吉祥如意，祝福家乡风调雨顺、五谷丰登。

当时的李登海已功成名就，但他依然保持着农民的本色和科学家的勤奋。只要不是出席较为隆重的场合，他都是一身工装和一双黄胶鞋，风来雨去，顶着烈日，拱在玉米地里，专心搞育种。每天早上五六时，李登海都会去玉米地里看一看，摸一摸，想一想，然后开始一天的工作；忙碌一天后，晚上22时多，打着手电再到玉米地里转一圈，听听玉米说话，听听玉米唱歌。应该说，这是李登海一天里心情最愉快的时候，因为玉米在欢笑，他的心也在欢笑。

1992年，"山东省220万亩吨粮田科技开发"获国家星火二等奖。

1999年，"高产玉米新品种掖单12号选育"获国家科技进步三等奖。

2004年，"高产玉米新品种掖单13号的选育"获国家科技进步一等奖。

发出"星火计划"倡议书

2003年4月7日,全国"星火计划"工作会议在陕西宝鸡市隆重召开。

出席会议的有全国各省、市科技部门的领导和星火办(农社处)、中小企业办负责人以及中央统战部,教育部、人事部、卫生部等有关部门和组织的代表共300多名。

中华人民共和国全国人民代表大会(简称"全国人大")副委员长许嘉璐,中国人民政治协商会议全国委员会(简称"全国政协")副主席张怀西,科技部部长徐冠华、副部长李学勇,农业部副部长齐景发,陕西省委书记李建国,陕西省长贾治邦等领导出席了会议。许嘉璐、徐冠华、李学勇和齐景发等领导分别做了重要讲话。

在会议期间,一批"星火计划"工作先进集体和先进个人受到隆重表彰;代表们对《关于加强星火计划工作的意见》(讨论稿)和领导讲话进行了热烈讨论;听取了山东省广饶县大王镇等10家典型经验介绍;参观了宝鸡市"农业专家大院"和生产力促进中心。

这次会议在全面总结星火计划实践经验的基础上,提出在全面建设小康社会的新阶段,继续高举星火旗帜,加速农业和农村科技进步的战略方向和重点任务。

这次会议的成功召开，进一步提高了全社会对"星火计划"工作的重视，动员科技界进入农业和农村经济建设的主战场，为全面建设小康社会建功立业。

科技部部长徐冠华出席会议，他在会上指出：

"星火计划"将面向"三农"，促进"四化"。通过先进科技成果的转化和集成，促进农产品加工业和绿色产业的发展，推进农业产业化；通过引导产业集聚，促进产业和小城镇的互动发展，推进农村城镇化；通过加强农村科技培训，提高农民就业能力和文化素质，推进农民知识化；通过农村信息服务体系建设，为农业产业化、农村城镇化和农民知识化提供支撑，以走农村新型工业化道路为目标，推进农村信息化。

这次会议结束以后，与会代表向全国从事"星火计划"工作、所有关心"星火计划"工作的朋友们发出倡议。

倡议书如下：

全国从事"星火计划"工作的同志们：
所有关心"星火计划"工作的朋友们：
在这草绿莺扬、群花竞芳、春意盎然的美

好时节，来自国家有关部门、全国各地和民主党派的 300 余位代表，齐聚陕西宝鸡，召开全国"星火计划"工作会议，回顾历史，总结经验，分析形势，展望未来，为"星火计划"在开创中华民族小康盛世的历史大潮中再造辉煌而竭智绸缪。

……

围绕"依靠科技、服务'三农'、加速'四化'、推进小康"的总体定位，新阶段深入实施"星火计划"要重点做好 9 个方面的工作：一是大力推进乡镇企业科技进步，走农村新型工业化道路；二是加速科技成果转化和推广，促进农业产业化经营；三是加强星火技术密集区、星火产业带建设，引导农村小城镇健康发展；四是大力开展科技培训，造就亿万高素质的新型农民；五是积极推进农村信息化建设，缩小城乡数字鸿沟；六是积极培育多元化的农村科技服务组织，加快农村科技服务体系建设；七是进一步推动星火西进，促进东中西部经济社会的协调发展；八是加大科技扶贫力度，加快脱贫致富步伐；九是加快星火国际化进程，大幅度提高中小企业、龙头企业的国际竞争力。

……

举办田间学校和技能培训

北京市政府在实施"星火计划"的过程中，各级领导充分认识到促进富民的根本在于培养"有文化、懂技术、会经营"的新型农民。因此，他们十分注意播撒智力富民的"金种子"，收到了十分理想的效果。

北京市密云县立足"新理念、新产业、新机制、新农民"四新建设，通过创办田间学校，建立农村实用人才培训基地、经纪人学校等各种形式，在这片希望的田野上，播撒下了颗颗智力富民的"金种子"。

当时刚进入5月，密云县河南寨镇套里村就热闹起来，为什么呢？因为，田间学校开课了，村里的菜农们早就盼着这一天呢。

说到田间学校的好处，村里的蔬菜合作社理事长郑凤全十分爽快地笑着说："是他们帮着大家伙儿走上了致富路！"

42岁的郑凤全是村里的老菜把势了，从1987年就开始在菜地里摸爬滚打。最开始他种的都是一些大路菜，一年下来也就赚个万儿八千块的辛苦钱。随着市场的变化，脑瓜儿活泛的他开始种起了大棚菜。

"这特菜可娇贵了，你就说樱桃西红柿吧，昨天看着还一个个水灵灵的，到今天就全蔫了。刚种的时候我就遇到过这么一回，那叶子就跟开水烫了一样，全都耷拉脑袋了，紧跟着就枯死，勉强活过来的结出来的西红柿都是'大花脸'，根本卖不上价钱。当时正赶上县农委植保站到村里开办田间学校，老师们到我的棚里一看就告诉我说这叫'晚疫病'，还给我讲解如何防治。到第二年，我种的樱桃西红柿不但没得病，还获得大丰收，补回了损失！都说知识就是力量，要我说啊，知识就是财富！"郑凤全兴奋地说。

从此以后，郑凤全认识到了农业科学技术的重要性，他带头参加田间学校的学习，并办起了蔬菜种植合作社。当时，蔬菜种植合作社社员达到了50多户，每户年均收入3万元以上。

郑凤全的哥哥郑凤祥也是村里的一位老菜把势，不过与弟弟不同的是，他参加了农村经纪人学校的培训，并凭着一本农村经纪人证书，一头闯进商海。

郑凤祥说："刚参加培训的时候，没把这个小本本当回事，没想到，人家就是认这个，一年下来我就拿到了10多张订单。"

当起了农村经纪人的郑凤祥每年要收购和销售各种蔬菜60万公斤，带动周边几个村庄一共90多户菜农，每户年增收两万多元。

当时，这哥俩都成了远近闻名的致富带头人，经常组织他们所带动的农户主动参加县科委、县农委等各部门组织的技术培训，使一个个"土把势"变成了"田秀才"，致富的路越走越宽。

密云的青山绿水间当时已有60余所田间学校，这些田间学校开设以蔬菜、中药材、鲜食玉米、食用菌、水产养殖和畜牧养殖为主的各类中短期种植、养殖培训班，成了推动农民致富的巨大力量。

同时，全县17个镇开办了农民经纪人培训班，共有900余名农民取得了农村经纪人资格证书，成为一支带着农民闯市场、带动农民致富增收的主力军。

密云县石城镇柳棵峪村村民孙桂花已过了知天命之年，但在村里却是个明星一样的人物。她和儿媳于红玉一起参加由镇教委与县教委、县职业学校联合举办的民俗旅游中专班，并顺利取得毕业证书，在村里传为佳话。

孙桂花说："以前没有这样的机会，现在政府组织咱们学习，咱们咋能不抓住好机会呢？再说了，多学点文明礼仪知识，不也体现咱中国农民的素质吗！"

旅游中专班为期两年，学习内容包括旅游英语、旅游政策法规、礼貌礼仪、食品营养与烹饪等相关课程，考试合格后，即可取得由北京市教委颁发、国家承认的中专学历证书。

谈到参加中专班，孙桂花的儿媳于红玉说："本来想着婆婆年龄大了，就劝她不要参加了，没想到婆婆不仅报名学习，而且，学习起来比我还起劲。现在，我们都取得了中专毕业证，而且婆婆还能用英语和客人打招呼，这都成了我们的特色了。过去，一年也就赚个两三万元，如今，少说也得个四五万元呢！"

当时，石城镇已经有石城、石塘路等15个村的190余名农民参加了大、中专班的学习，其中，100人取得了毕业证书。而且，通过学习，他们在科技、礼仪等方面的知识不断增长，收入也跟着"芝麻开花节节高"。

不仅在石城，密云县全县各乡镇都开设了大中专学历班，授课内容涉及法律、旅游、种植、养殖等专业。

在密云还有一件新鲜事，那就是农民评职称。

史庆增是新城子镇蔡家甸村的一名果农，种苹果有几十年了，积累了丰富的经验。村里谁家的果树有了啥毛病都请他给把把脉，他也成了远近闻名的"土专家"。然而，"土专家"却遇到了新问题。

原来，新城子苹果因为得天独厚的自然条件，其味道又甜又脆，远近闻名。2001年，全县推广套袋新技术，史庆增参加了县里组织的新技术培训学习，很快掌握了快速套袋技术。他认为这项技术非常好，就义务当起了"技术顾问"，在全村推广，没想到村民们不认可。但老史并不气馁，首先在自家的果园里进行了试验，结果秋天一收获，他的套袋苹果每公斤售价达到10元，高出其他苹果价格一倍。这下，果农们都服气了。于是，史庆增趁热打铁，请来县里的科技人员当场教授果农们新技术，从此蔡家甸的苹果都套袋穿上了"新衣服"。

当时，史庆增成立了密富有机苹果合作社，社员达到254户，果树种植面积2000多亩，年产值达800多万元。不过，史庆增和他的密富有机苹果合作社之所以远近闻名，还有另一个原因，那就是史庆增成了本地区第一个获得农民高级技师职称的果农。合作社的社员70%以上都获得了初级以上职称，并大都成为了致富带头人或者科技示范户。

为了鼓励农民科技致富，密云制定并出台了《密云县农民技术人员职称评定办法》，农民参加培训学习竞聘拿职称，成了一种新潮流。全县近1500名农民获得了初级以上农民技术职称，成了通过科技推动当地农业发展和富民增收的"领头雁"。

"今天，能够和众多的来自市农科院的专家在一起，为大家讲讲我自己在发展蔬菜种植方面的经验，我感到非常荣幸。"这是密云镇李各庄村的农民王万昭在参加"密云生态富民村村行"活动中，作为"致富能人宣讲团"的一员，在十里堡镇水泉村讲授致富经验和技术时所说的话。

王万昭时年47岁，是村里的种菜能手，家里有两个大棚，先后引种了彩椒、荷兰黄瓜等多个特菜品种，年收入3万多元。后来，他带动村民成立了"北京格乐昭霞蔬菜合作社"，社员达到150多户，年产蔬菜1800多万公斤，每户年均收入两万元左右。

王万昭说，自从合作社成立以来，县里在合作社开办了田间学校，细心为大家传授有机蔬菜的种植技术，并将这里作为示范基地，把社员们都培养成了科学种菜的"专家"。他是在参加培训学习当中,和村里的两个菜农一起研究发明了"S"形缩秧种植法,使一茬西红柿的生长期延长至两年,不仅省去了重新育苗的成本和工夫,改写了以前菜农一年要种三茬西红柿的历史,而且西红柿坐果率还比以前提高了近60%。

密云在开展农民技能培训的基础上又开展了农村实用人才的培养,举办了"农村人才论坛",并开展了"百户千人"培训工程,通过把农村实用人才培养与农业科技示范基地建设和先进实用技术推广相结合,逐步完善科技带基地、基地联农户、专家带农民的科技服务模式,以专家帮带的产业育人模式,共开办了44期培训班,培养科技致富带头人和致富能手1100余名,科技示范户85户。

从最初的技术技能培训,到学历教育竞聘农民技术职称,再到后来的实用人才培养,在密云县已经形成了"围绕主导产业、培训专业农民、实施整村推进、打造一村一品"的培训格局。

密云县的农民群众对此拍手叫好。

广西创建信息服务站

广西壮族自治区把创建信息化服务站作为社会主义新农村建设的一项重要内容来抓，试点带动，全面普及，使农村信息化服务站成为农民的"致富桥"。

广西宣武县党委、政府采取以组织经济能人代办的模式，在全县10个乡镇迅速开展信息化进村活动，先后有100个行政村建起了信息化服务站。

同时，广西宣武县党委、政府采取多渠道、多方式筹集资金投入农村信息化建设，形成共同支撑农村信息化的投入机制。每个信息服务站的电脑有5台以上、8台以下不等，县电信部门免费为各站安装宽带网，并制定严格管理制度。

为了让农民群众学会上网，该县实施培训工程，组织网络技术人员深入村屯，对接受能力强、文化水平相对较高的农民，特别是农村青年进行3次免费培训，培养一批优秀的、善经营的"网络新型农民"，并聘用他们作为农村技术熟练的信息员。

在三里镇慕古村和旺村信息服务站，村民利用中午、晚上等业余时间上网查询、学习农村致富实用种养技术，大胆发展种桑养蚕、食用菌生产及塘角鱼养殖，拓宽了增收路子。

慕古村村民廖子南种桑养蚕、种植食用菌两项年收入达6万元。

旺村村民廖惠杰上网学到庭院建水池养塘角鱼的技术，在庭院建水池养塘角鱼和罗非鱼，一年共养两批鱼，收入2万多元。

当时，该村成为全镇塘角鱼养殖示范基地及农村妇女科技培训基地，该村党支部被来宾市评为优秀党支部。

桐岭镇大祥村信息服务站信息员廖宁介绍说："村里的青年韦朝蛮经常到站里上网学养猪技术，掌握了一套管理技术。现在他养猪200头以上，同时兼酿酒卖，还在家中开饲料加工店，并为养猪户送料上门，年收入5万多元。"

当时，该村共有养猪户100多户，每户养猪达10头以上。村民苏祖范建起2个养猪场，拥有2000多头猪，成了当地的"养猪大王"。

河南农民依靠科技致富

中央制定"星火计划"以后,河南省广大农村积极响应中央号召,大力实施"星火计划",千方百计利用科学技术发展乡镇企业,很快走上致富的康庄大道。

在若干年以前,在中国行政区划图上是找不到一个叫马寨的乡镇的。但是,后来河南省"郑州市二七区马寨镇人民政府"的牌子不仅挂在了门前,而且马寨在河南省1000多个乡镇中脱颖而出,成为"明星乡镇"。

1986年11月18日,马寨被第一个授予"河南省卫生镇"称号;12月上旬,又被河南省科技厅作为"农村实施'星火计划'小城镇现代化建设示范镇"上报国家。

马寨从一个谁也不愿要的穷村子走到这一步,作为马寨创业的带头人和见证者刘增杰深有感触地说:"这都是'星火计划'给'烧'出来的。"

当时,已经是马寨镇党委书记、国家二七星火技术密集区管委会主任的刘增杰还身获多种荣誉,连续被推选为第八届、第九届全国人大代表,是享受国务院特殊津贴的有突出贡献的中青年专家,是郑州市科技拔尖人才。但是,很多年前,他刚刚高中毕业回到生他养他的马寨村时,那是一个什么样的村子啊!作为黄土高原的余脉,马寨村到处沟壑纵横,十年九灾,一个劳动力的日值不到一角钱，村民年年吃统销粮。

当年，在郑州谁都知道马寨镇是一个"千人嫌、万人弃"的地方。但是，偏偏有两个人不服输。一个就是刘增杰；另一个叫马培义，他是从朝鲜战场上凯旋的志愿军老战士。

他们迈出的第一步是到辽宁海城学石棉瓦生产技术。那一年冬天，海城气温是零下28摄氏度，当地又正在闹地震，许多当地人都到外地躲地震去了，但是刘增杰却带着乡亲们筹措的300元钱在那里苦学了一个月，终于掌握了这项技术。就是靠着这一项技术，马寨人创办了自己的第一个企业，生产出了第一个产品，当年赢利1.2万元，第二年赢利30多万元。自此，马寨人在原始积累的道路上越走越宽广。

1986年，为了顺应市场需求，已经调整了产品结构的马寨与科研单位联合研制生产出第一台"低温烘干挂面成套设备"。在二七区科委的大力举荐下，该套设备被列入河南省"星火计划"，第二年又被列入国家"星火计划"。

自此，马寨村年年得到国家、省、市、区"星火计划"的支持和扶持。

这个项目犹如星星之火，马寨村不仅依托它创办起了一个大型企业东方集团，而且带起了100多家企业。当时马寨成了闻名全国的食品和食品机械生产基地，其挂面、方便面、粉丝、馄饨、馒头生产线和各类食品共计 100 多个品种畅销全国。

过去谁也不愿要的穷村，不仅成了二七区乃至整个中原的富裕村之一，而且各项事业因此发生了天翻地覆的变化；当年黄土丘陵上的沟沟坎坎早被夷为一片无垠的开阔地，8 条干道贯通南北，这里成了一个现代化的新社区。

马寨人自己富了，但也没有忘记自己当年的穷兄弟。他们为兄弟村各投资近千万元创办了一个个企业，而且为几个村打机井、购置现代农业机械，帮助这几个村实现了农业机械化，这几个村的农民年人均收入都达到了3000 多元。

马寨的"星火"不仅"烧红"了马寨村，也"烧红"了附近的 10 多个村村寨寨，带动了这些地方两个文明的同步发展。

当时，马寨镇建成了一个集工业、现代农业、商业、教育科研、金融、度假观光为一体的现代化社区，拥有各类工业企业 100 多家，第三产业 130 余家及郑州科技学院等大中小学 6 所，一大批高技术人才在此安家落户，为马寨创造了一个更加灿烂、瑰丽的明天。

海归学子带动农民致富

王建华毕业于中国人民大学，后来任御香苑控股集团有限公司董事长。

王建华从海外留学深造归来，创办了北京御香苑饮食有限责任公司。后来，御香苑成为拥有39个公司的大型集团，拥有员工近3000名，涉足餐饮、畜牧、矿产、钢铁等多个领域，是国家级"星火计划"重点项目建设单位，获得内贸部颁发的"中国放心肉食品"证书和北京市颁发的"肥牛特色奖"。

作为国家级农业产业化重点龙头企业，在国家大力扶植"三农"的政策下，御香苑发挥龙头作用，建立"公司＋基地＋农户"的农业产业化经营模式，实行"一集中，五统一"管理，集中饲养，统一养殖、饲料供给、防病防疫、牛只采购渠道、保护价收购，有力地带动5个省、市，18个地区农业产业化结构调整，使7万余农民发展致富，尽到了一个企业家应尽的社会责任。

王建华采取"一手抓基地，一手抓营销"的方式，在加紧餐饮连锁经营建设的同时，积极进行肉牛、肉羊的加工基地建设。

王建华在北京通州区投资1.2亿元兴建"御香苑农业科技园区"，建立北京御香苑畜牧有限公司。

后来，王建华又在内蒙古呼伦贝尔建立内蒙古御香苑畜牧有限公司，充分利用内蒙古的自然资源开展肉牛、肉羊加工基地建设。御香苑形成"从养殖到餐桌特色一体化"的经营模式，开创了自产自销和外销的良好销售体系，促进了公司的发展。

为促进御香苑的畜牧业发展，公司从德国引进了最先进的屠宰加工设备，使公司年屠宰肉牛可达10万头以上，并具备快速屠宰、规范分割、排酸冷藏以及肉牛副产品等生物制品深加工能力，成为全国屠宰量最大的生产高档牛肉的企业之一。他们还不断增加研发投入，高薪聘请行业专家成立了畜牧业研发中心。

当欧盟就食品安全可追溯体系正式立法时，御香苑率先在同行业中投入巨资与德国一家大公司签约食品安全可追溯体系ERP信息化工程，具有示范性，为中国食品走向国际市场打开了绿色通道。

推广良种的"星火计划"带头人

在湖南水稻种业界,湖南洞庭种业有限公司总经理谢晓阳是颇有名气的。

洞庭种业有限公司是由岳阳市农科所水稻育种室和种苗推广部改制而成立的,多少年来稳打稳扎,步步为营,快速发展,销售网络遍布南方八省,实现销售利润数百万元,这确实令人叹为观止。正因为如此,谢晓阳本人被科技部评为全国"星火计划"先进个人。

在水稻种业市场竞争日益激烈、新品种不断涌现的形势下,一个企业能够稳住阵脚,能够有所发展,能够有大发展,并不是一件容易的事情。

谢晓阳是一个地道的农家子弟,老家在汨罗江边屈原行政区的一个村子里。他在19岁那年就读完了大学,20多岁时硕士毕业。善于思考是他最大的强处,也是他做企业的本钱,他总是在思考着。

谢晓阳深知水稻种业企业的最终用户是农民。不盯着农民增产增收,不一切为农民着想,企业就难有效益可言。公司经营的是杂交水稻,一亩大田大概需要1公斤种子,公司年销三四百万公斤种子,就需要农民种三四百万亩大田,要涉及七八十万家农户。这中间,如果不是种子好,如果不是服务好,如果不是经销商尽心竭力，如果不是农民朋友心悦诚服，这种长期共生共荣的局面是难以维系的。

在谢晓阳的办公室里，一年到头都是宾客盈门，前来拜访的不是经销商就是农民，难得有几时安静。

企业发展需要源头，需要源源不断的科研创新。没有源头，企业可能有一时的灿烂但绝不会有长久的辉煌。

谢晓阳对科研帅才是尤为器重的。那些年，公司的科研经费基本上是放开用的，每年科研实际上要用40多万。科研人员报账时，谢晓阳多是满面笑容地提笔就签，态度十分真诚。

公司再忙，科研人员原则上是不动的。为了保证后继有人，公司先后在湖南农业大学、华中农业大学等院校招聘10多名大学生。为了让这些新同志安心工作，公司在机关购买了两套房子，生活用品一应俱全，以方便他们居住。

杂交制种需要南征北战，每年冬季育种，科研人员都要住在海南岛乡下。为了让科研人员过得好，公司又在海南买了两套房子，让科研人员在外有"家"的感觉。

经营是企业的主业，怎样才能降低风险，增加效益呢？谢晓阳紧紧抓住三点：

首先是因人适用，选派能力强、责任心重、做事钉钉入木的得力干将，把种子生产的环节搞到位。按标准操作，全方位监测，确保种子的纯度、净度和含水量在规定的标准之内，这是好种子最重要的"三要素"。

其次是自己动手，一件事也不怠慢，把各地经销商与农民朋友的关系搞好。通过讲究信誉，联络感情，帮助致富，使大家结成利益共同体。

三是善与老天对阵，"不把鸡蛋放在一个篮子里"，尽量多地把种子生产放在合适的生态区里，以规避自然灾害可能带来的风险。公司不但在湖南建立了多处制种基地，而且在四川、江西、广西、江苏等地建立了制种基地。

湖南洞庭种业有限公司先后培育了一批国家级、省级科研成果，20多个新品种通过国家和省级审定，杂交水稻品质育种水平国内领先。

公司每年经营杂交水稻种子350万公斤，年销售额达5000万元，经营规模与经营效益跃升至全省种业三强，种子市场覆盖南方稻区10个省、区。优质晚稻组合"岳优9113"通过了国家审定，通过了湖南、湖北、江西、福建和广东的审定，年种植面积超过300万亩，在全国杂交晚稻组合中排第二位，单一品种累计增产粮食4亿公斤，增加农民收入超过15亿元。

种香菇的"星火计划"带头人

李明焱从日本引进香菇保鲜技术，使农民种香菇的效益提高了 3 倍以上，开我国鲜菇出口先河。

李明焱培育的"武香一号"是全世界唯一耐高温的香菇品种，香菇第一次实现了全年种植。

李明焱把香菇种植推广到全国每一个省，使之成为一个年产值 50 亿元的产业，我国也由此夺回"世界香菇王国"的桂冠。

李明焱是浙江省武义县真菌研究所所长。20 世纪 80 年代初，他从广播里听说福建古田有人用代料栽培银耳获得成功，就跑到福建花了 800 元学费掌握了这门技术。回老家后，他的代料栽培银耳搞得不错，于是被武义县粮食局榨油厂请去当食用菌车间主任，后来又进了武义县真菌研究所。

1984 年，李明焱开始捣鼓用代料栽培香菇。这时正是外贸木珠行情很好的时候，金华各地有很多企业加工木珠用于出口。看到木珠生产的下脚料木粉派不上用场只能烧掉，还污染环境，李明焱就想到把这些木粉废物利用做香菇的培育基，一年后获得了成功。

1986 年，李明焱成为"星火计划"带头人。

1990 年，李明焱被国家科委选送到日本北海道富良野国际农业技术交流中心深造。

当时,虽然中国是香菇的原产国,但日本却以"香菇王国"著称,其香菇产量占全世界的70%,而且种植技术先进。

日本种香菇的方法让李明焱大开眼界:以育种为基础,有计划地安排农户种植、采收,加工和销售都由农业协会负责。而且,日本的香菇采用保鲜技术,都是鲜菇上市,一公斤鲜菇卖70元人民币。

当时,浙江各地山区开始种植香菇,但都是干菇出口。农民在收获后要把香菇先烘干,然后送到当地土特产收购站再出口国外,不但每公斤干菇只能卖30元,而且要经过半年才能拿到钱。

李明焱回国后着手鲜菇出口。农民当天采摘鲜菇,马上将香菇送到金华冷库加工,第三天香菇就能运到日本,农民马上就能拿到钱,而且每公斤的收购价提高了6元钱。农民收入提高,积极性被调动起来,香菇生产规模很快就扩大了。

做了半年出口后,日本方面提出了新要求:希望全年供应新鲜香菇。这给李明焱出了一个大难题。

香菇的种植温度一般不能超过25摄氏度,因此只能在冬季和春季种。日本的菇农在夏秋两季是采用空调来控制温度的,这样种植香菇成本很高,就中国国情来说不适宜。于是,李明焱决定研究栽培耐高温的香菇品种。

1991年,李明焱成功研制出"武香1号"品种,这种能耐34摄氏度高温的香菇在日本获得了终端超市的认可，日商要求李明焱赶紧供货。

但是，李明焱此时并没有进行规模化生产，因此有点儿怕。他说，当时要推广"武香1号"有四大难题：一是金华夏天的温度不止34摄氏度，一旦持续高温15天以上，香菇就会减产；二是高温可能带来干旱，万一断水就没有了收成；三是浙江的梅雨季节持续30天以上，菌棒易烂；四是农户普遍缺资金，没钱买菌种和菌棒。

后来，在武义县委、县政府的支持下，通过农业保险解决了菇农的后顾之忧，县财政还安排资金补贴菇农。李明焱采用从日本学来的农业产业化经营方式安排生产，第二年全县就种了200万袋香菇，而且获得了成功。

花香引得蜜蜂来。磐安、缙云、丽水都来武义县要菌种。从1993年开始，"武香1号"的种植规模在浙江省内逐渐扩大。1997年，浙江省农作物品种审定委员会确定"武香1号"为浙江香菇新品种。随后，"武香1号"开始在全国推广。

"香菇也叫南菇，因为它只能在南方种植。但'武香1号'克服了北方冬天太冷、南方夏天太热的问题，从海南岛到黑龙江都能种植。"李明焱说。让他想不到的是，10多年过去了，"武香1号"还是全世界唯一耐高温的香菇品种。

"武香1号"获得全国香菇新品种认定，并且荣获国家科技进步奖，最终获得二等奖。经过多年的努力，中国这个香菇原产国终于成为真正的世界"香菇王国",香菇产量占世界70%以上,育种和推广技术水平都超过了日本。

种香菇种出了名堂,李明焱却开始酝酿转型。他说,全国都能种香菇了,武义的区域优势就小了,农民收入也会因此减少。

于是,李明焱就想找其他技术难度高、最好是列入国家扶持项目的农业项目。他想到了灵芝和铁皮石斛这两种珍稀植物,灵芝也是菌类,铁皮石斛则可以通过组织培养的方式来种,原先种香菇的技术都能派上用场。

李明焱曾经为种过香菇等食用菌的废料忧虑,那些木粉被菌类吸收营养后已很难有其他用处。他曾经让农民将这些废料作为肥料来利用,但废料的肥力不好,而且干的木粉容易被风吹得到处飘,农民不肯使用。

最后,李明焱投入200万元与浙江大学合作,打算利用这些废料加上其他东西生产有机肥,可是没有成功。后来,他发现这些废料的营养成分与铁皮石斛生长所需的营养成分相同,就开始了用食用菌种植废料栽培铁皮石斛的试验。

李明焱说:"铁皮石斛有两种生存环境,一是生长在岩石上,二是附生在树木上。"

国内人工种植铁皮石斛大多模仿前者的生存环境,其缺点是在田里大量堆积石块,种植几轮后田地就无法复耕了,而且大量施肥也在一定程度上污染了环境。如果模仿后者的生存环境，肥料中含有大量木质素、蛋白质等营养成分，则不需要另外施肥，而且种植的田地随时可复耕。

2000年，李明焱在全国首创"大田种植模拟铁皮石斛野生生长环境丰产栽培技术"获得成功，地栽铁皮石斛成活率达95%以上。

李明焱又与浙江省医学科学院合作，开发灵芝和铁皮石斛系列保健品等，并注册了"寿仙谷"商标。

李明焱常年免费为农民培训，到处发资料。有人说他"傻"，他却说："我是农村出来的，应该为农村做点儿事。国家培养我，我也该为国家做点儿事。"

致力科研的"星火计划"带头人

安徽省滁菊研究所所长龚建国带领全所技术人员刻苦攻关，不断研发和创新，在短短的 6 年时间里创造了一系列骄人的成绩：金玉滁菊被国家科技部列为"星火计划"项目和"国家原产地域保护产品"，获"国家无公害产品"称号、"首批中国名牌产品"称号。

龚建国先后荣获"国家'星火计划'先进个人"、"全国农村青年创业致富带头人"和"全国农村科普先进个人"等光荣称号。

滁菊研究所成立之初，龚建国带领全所科技人员努力创造条件，对传统地方特色产品滁菊进行了研究开发。经过深入细致的调查研究，他提出首先要解决品种的提纯复壮、标准化高产栽培和加工制干工艺研究等关键技术。

为此，龚建国主动与南京农业大学、中国药科大学和安徽中医学院等院校加强科研协作，成功培育出滁菊"99－1"品牌系列，使滁菊的株型、花期、花形、花色和品质恢复了真正的属性。

龚建国常年奔波在滁菊原产地域境内的 30 个乡镇 400 多个村里，多次深入到田间地头及农户家中，及时了解他们在滁菊生产、加工和销售等方面遇到的新情况和新问题，研究解决问题的方法。

龚建国把滁菊规范化高产栽培技术教给农民，切实提高了广大农民的种植技术。他充分利用现有的宣传手段，开展形式多样的宣传培训活动，根据农民的特点推出了一张明白纸、一套录像片、一片样板田、一名技术员的培训模式。

龚建国带领技术员先后举办各类培训班50多期，培训农民5万多人次，开展科技下乡入户活动26场次，提高了广大种植户科学种植滁菊的水平。安徽省滁菊研究所不断加强科技创新，促进科技成果产业化和效益化。研究所先后与中国药科大学、南京农业大学和安徽省农科院进行合作，深入开展了滁菊科技攻关、"星火计划"合作科研项目等12项研究；分别承担了科技部、中国科协和安徽省科技厅等提出的10项科研项目。

龚建国根据实践主持编写了7个滁菊省级地方标准：滁菊种苗栽培技术、滁菊移栽、滁菊病虫害防治、滁菊管理、滁菊产品、滁菊的加工、滁菊的保存和运输；"滁菊的标准化高产栽培及加工工艺研究"通过了安徽省科技成果鉴定，科目技术水平在国内领先。

这些科技创新加快了产业化进程，引发了一批科技成果的诞生。这些成果由当初的产前向产中、产后延伸，最终实现科技成果转化，已形成滁菊产品三大系列近20个品种以及6个深加工产品。

龚建国带领安徽省滁菊研究所把产业发展引向深入。

在生产方面，项目区的种苗、农药、肥料供应做到统一环境条件、统一品种、统一农药种类、统一施肥要求、统一栽培模式、统一收购价格。

各示范基地累计按规范化要求统一供应优质种苗2700万株、无公害农药0.75万公斤和各类肥料约400吨；在订单生产方面初步建立了"公司+基地+农户"的运作机制。

由于实行保护价收购和优质优价，做到了农民滁菊能卖掉、歉年企业有花收，企业和菊农之间利益分配日趋合理，形成了紧密的买卖关系，实现了双赢。

到2000年，全市滁菊加工营销企业发展到9家，常年从业人员800多人，1.5万户菊农年均增收400万元。

不断培育西瓜新品种

周泉是一名优秀的青年农业育种专家，是当时青年科技工作者的典型代表，在国内瓜类育种研究方面具有较大的影响。他的优秀事迹曾被国家级报刊、杂志进行过多次报道。

在科研上，周泉经历了常人难以忍受的艰难困苦：白天，他就像一个不知疲倦的老农，整地、育苗、浇水、施肥、整枝、授粉；晚上，他又像一个手不释卷的老夫，在试验地的农舍里，研读理论、查阅资料和整理实践心得。

几度春秋，周泉写下了数十万字的科研资料，做了上百万字的科研笔记，终于从数个配比方案中找到了"诱变四倍体"成功的原理，育出了国内颇有利用价值的四倍体材料。

周泉勤于实践，勤于探索，积极参加有关学术交流，多次参加全国西甜瓜研讨会，提交和宣读颇有价值的科研论文。

同时，周泉在《中国西瓜甜瓜》《长江蔬菜》《湖南农业科学》等全国性专业杂志上发表论文 10 余篇，受到了全国 30 余家科研院所的极大关注。

周泉所选育出的特色西瓜新品种更被同行和市场所关注，具有广阔的市场开发前景。鉴于他的科研成果及开发实力，湖南省内外许多家大企业和农业科研院所以高薪及大面积住房等优惠条件争相邀聘，但他始终淡泊名利，扎根岳阳，愿为岳阳农业发展再创佳绩。

周泉在科研上多年如一日，扎根基层，投身于农业科研生产第一线，任劳任怨，取得了丰硕的科研成果并获得诸多的荣誉。

周泉成功地选育出了洞庭系列无籽西瓜品种10余个，2个品种通过国家级审定，5个品种通过省级审定。其中，"湘西瓜11号"是湖南省"八五"期间培育出的优质、抗病、耐湿热、高产型唯一新品种，获湖南科技进步二等奖，是湖南西甜瓜类中的最高奖励，居国内领先水平。

"湘西瓜19号"被湖南专家认定为湖南第一个黑皮黄瓤无籽西瓜新品种。在全国试种中，其综合性状居第一位。

"湘西瓜11号""湘西瓜19号"于2002年分别被列入国家科技成果重点推广项目和国家科技成果转化资助项目。

中厚皮甜瓜新品种，即"南蜜1号"的育成，填补了湖南甜瓜育种的空白，后来被大面积推广，受到广泛好评。

2002年2月，周泉被湖南省岳阳市委、市政府授予"有突出贡献专家"称号，并给予了重奖。

2002年4月，周泉被国家科技部、农业部授予"全国'星火计划'先进个人"称号。

为"星火计划"而献身的人

浙江省丽水市莲都区农技站原站长张献斌去世的第十八天，也是当地明前新茶"丽早香"采摘的第一天。中午时分，他的墓地前面放置了一杯清茶，空气中弥漫着淡淡的茶香。

这杯清茶是老竹镇后坑村的畲族茶农雷根荣带来的。雷根荣站在张献斌的坟墓前，充满感情地说："张站长，这是你生前最爱喝的'丽早香'，乡亲们都记挂着你呢！"说这话时，深深鞠躬的雷根荣早已泪流满面。

"虽然我们基层农业干部工作任务是最重的，办公条件是最差的，待遇最少，最顾不了家，接触农民群众直接的，也是受到埋怨最多的，但却是老百姓最需要的，就一定要用心做好，我们要对得起这份工作！"张献斌生前经常这样教导站里的同志。他自己更是以身作则，30年如一日，把全副身心都投入到了本职工作上，把群众的认可和信任当作是对自己最好的奖赏。

1976年茶校毕业后，张献斌一直在莲都山区的乡镇工作，把毕生献给了农民，献给了他热爱的农技推广事业。

在张献斌的时间表里，没有星期天、节假日，他经常工作到深夜，累了就在办公室将就着睡一宿。

张献斌常常深入田间地头，掌握第一手生产情况，提出针对性的建议意见和措施。

张献斌也常常走村进户，了解农民群众的所思所想。只要群众需要，他就第一时间赶到，力所能及地帮助群众解决生产上的困难。

张献斌始终奋斗在农业技术推广的第一线，以开拓创新的精神，一心一意为农民办实事。

张献斌在丽新乡率先开始了水稻统防统治工作。经过积极争取，全省水稻病虫害统防统治试点项目被放在丽新乡。为保质保量完成工作任务和掌握试验田相关技术数据，张献斌每天早上5时30分左右出门，带上农药、塑料桶和喷雾器，亲自配药、亲自喷施。

经过张献斌的精心指导，1000亩中心示范田亩均降低农药及人工成本20%左右，产量也提高20%以上。

2004年，张献斌发现了一个良好的茶树品种。为了发展名茶生产，帮助农民增收，张献斌利用晚上农户在家时间，挨家挨户做工作，一方面宣传政府的农业扶持政策，另一方面了解农户的种植意向，动员农户调整种植结构，发展名茶生产。

茶叶种植面积落实后，张献斌又邀请专家到村、到点开展技术培训。同时，他积极改良茶树品种、打造茶叶品牌、创办农民专业合作社，并主动帮助合作社购买茶叶加工机械，提高了合作社的加工能力。

张献斌逝世后有人统计，为了落实规划、发展名茶生产，仅双坑村一个村一年的农技培训就有 70 多次。

辛勤的付出得到了生产发展的回报。短短 4 年时间，丽新乡新增茶园面积 1723 亩。该乡的名优茶"丽早香"价格最高的时候达到每公斤 1500 元，后来还维持在 700 元的高价。

张献斌一边积极帮助销售，一边率先做起了结构调整工作。经过大量的思想动员工作，不少农民开始减少椪柑种植面积，发展质优价高的瓯柑品种。当时，丽新乡新发展瓯柑面积 1000 多亩，占全乡柑橘面积的 25%。

50 多岁的张献斌承担了农业技术推广站的信息员的工作，是全区年龄最大的乡镇农民信箱系统管理员。原本对电脑一窍不通的他，白天没有时间学，就晚上在家学，自己摸索，遇上不懂的地方就打电话向其他乡镇信息员请教，常常为了写一条信息熬到后半夜。

张献斌每年个人报送信息 40 多篇，是全区 13 个乡镇站信息报送量最多的信息员，也因此被评为莲都区农业系统年度信息工作先进个人。

从张献斌住处到农技站，开车走大路只要 10 分钟，可每天上班，他都早早地出门，走小路从上塘畈绕到山村，再从山村去乡农技站。他这样舍近求远，是为了在路上能看看庄稼的长势，问问农民的收成，盘算着什么时候该杀虫，用什么农药比较对路。

丽新乡的茶山，有的需爬 2 个多小时山路才能到达。无论问题大小，也无论是工作日还是节假日，只要接到村民的电话,他都会在第一时间赶一两个小时的山路去茶园查看,告诉农民这是什么问题、他们该做什么。待一切都交代清楚后,他才会离开。

张献斌时常到茶农家中查看茶叶的生长情况和茶叶的品质。茶农们对他也十分信任。雷根荣每年炒出的"头锅茶",如果张献斌不来品,他心里就不踏实。

2009年2月23日上午,令人痛惜的意外发生了。在前往区农业局参加全区水果生产工作会议的途中,因突发心脏病,张献斌于11时40分与世长辞。

最早赶到丽水市中心医院并一直守在现场的同事张柏华脑子里一片空白。不知是谁"哇"的一声先哭了出来,30余名闻讯赶来的同事和乡亲都流泪了。

张献斌走了,谁也不相信这是真的。

张柏华不相信。早上7时,他搭乘张献斌的工具车一起赶往区农业局参加水果产销汇报会。在车上,张柏华听张献斌说,他把全乡3000多水果种植户的柑橘销售情况,连夜又重新核查登记了一遍。接下来,他一直在思索品种如何改良的问题。

莲都区农业局副局长林玉美不相信。当天10时45分,就在张献斌出事前的15分钟,张献斌还打来电话说:"有关柑橘销售和品种改良的事,我现在有了初步想法,等看完病后,马上到局里汇报。"

柑橘贩运大户潘玉程不相信。从2月21日一大早开始,他一天内接到了张献斌的4个电话,央求他第二天务必抽空陪自己去趟白岸口村，那里还有 10 多万公斤橘子滞销，请他想想办法。

白岸口村水果生产大户周永富不相信。2 月 22 日，张献斌带着几个贩运大户，挨家挨户跑，从早上一直忙到晚上 21 时多，全村一共运走了 5 万公斤柑橘。直到贩运户承诺，3 天内把村里剩下的 5 万公斤柑橘全部运出，张献斌才离开村子……

"农民卖不掉柑橘，张站长心里急呀，他是为老百姓卖橘子累死的呀！"农技站水果技术员兰炳其无比痛心。

丽新畲族乡柑橘大丰收，产量达 517 万公斤，眼见柑橘售价"跳水"，张献斌一天比一天着急，整天东奔西跑。2 月 22 日，全乡销售量超过 430 万公斤，可张献斌还是无法轻松。他说："农民花了那么多的本钱，投了那么多的劳力。不管怎么样，只要有一个柑橘烂在农民手里，我这个农技站长就心不安啊。"

曾经参与抢救的丽水市中心医院门诊部主任方伟钧说，张献斌是属于典型的"过劳死"，突发性心肌梗死造成致命的一击。他还说："要是他早点儿来医院检查，应该不会是这样的结果。"

张献斌自家建了 20 多年的房子始终没有完工，群众有困难他却总是随叫随到……

一幢小楼坐落在丽新乡黄岭上村月亮湖边。这是张献斌建了 20 多年仍没有完成装修的家。

"他这辈子就盼着能早日住进新房，可这个愿望到去世也没能实现。"一想到这些,张献斌的妻子常旭金就心如刀绞。

张献斌出生在泄川乡的一个偏僻山村,1976年高中毕业后,被分配到偏僻的金竹茶场当茶叶技术员。

结婚时,岳父家的一间破瓦房用木板一分为二,就成了他们的"婚房"。

拥有自己的新房,成了张献斌的愿望。可张献斌收入微薄,直到1989年,才咬咬牙决定盖新房。在大女儿张丽萍的记忆里,为了节约钱,父母一有空,就到河滩上挑石筛沙,建房的沙石材料全是父母肩挑背扛运回来的。

一年后,房子主体结构竣工了。恰逢基层农技站改革,鼓励农技员创业,入党不久的张献斌二话不说,带头东拼西凑借了300多元,开办了基层农资服务点。而房子装修的事,却一拖再拖。

张献斌一家后来一直住在老竹镇一幢20世纪50年代建造的破旧房里。他家中最值钱的家当是一台电脑,这是他后来下狠心才买的。电脑桌上还散放着"丽新乡柑橘销售进度表""测土配方施肥实施方案"等材料,还有一瓶没有喝完的止咳糖浆。

常旭金说,作为乡里"农技110"的兼职信息员,张献斌几乎每天下班后都要在电脑前忙到深夜,在网上帮助农户找致富信息,上报病虫害警示。

丈夫每天这么忙,妻子看在眼里,疼在心里。2003

年，张献斌从老竹镇农技站调任丽新乡农技站站长。看到他来回奔波辛苦，与人合伙开超市的妻子决定买一辆车给丈夫做代步工具。没想到，这辆工具车竟成了"便民车"。

只要农户有需求，这辆车就成了农资送货车，随叫随到，不收一分钱运费；站里有需要，这辆车随时当"公车"，多少年来，张献斌从没有报销过一分钱油费和修理费；山村交通不便，农户有需求，只要一个电话，这辆车又成了村民的免费"出租车"。

66岁的陈新球大娘记得，她想把自家种的蔬菜拿到城里卖。张献斌知道后，就到菜地帮助她采摘，又用工具车把菜送到了城里的菜场。

畎岸村的邱菊云记得，一次她在医院挂盐水，家里有急事，就试着给张献斌打了个电话。张献斌二话没说，跑了一个多小时的山路，将她送回家。方圆几十里的老百姓都知道，远远看见张献斌的工具车，不用招手，车子会主动停下来，捎上他们一程。

张献斌的工具车跑了多少路，没有人能说得清，因为里程表早就"罢工"了。他去世后，家人请司机把车子从医院开回家，车子却怎么也发动不了。这辆车静静地停放在医院停车场里，似乎在等着主人归来。

张献斌曾经无偿借钱支持农民创业致富，全力推广新品种、新技术。

张献斌去世后，家人含泪整理遗物：已分辨不出颜色的木箱，是结婚时妻子的嫁妆；一只用了20多年的五斗橱，是他被评上茶叶先进技术员时的奖励；用帆布和铁架支成的"大衣柜"里，尽是打着补丁的旧衣服。而在一只箱子里的杂物中，家人意外发现了53张赊账单，少的几十元，多的单笔超过万元，总金额高达8.87万元。这些都是农民从农资店里赊去农资后留给他的凭证。

茶农雷根荣的2.7万元是刚借的，用于购买9台炒茶机。如今，他经营10多亩茶园，是当地有名的茶叶经销户。一提到张献斌，他就泪流满面。年轻时因为好赌，他不仅输了养猪场，还欠下了10多万元外债。女儿上学的100元学费，四乡八邻谁也不肯借，怕他拿去再赌。

雷根荣想重新创业，好好做人，可一无资金，二无技术，便去张献斌的农资店里"碰"运气。张献斌十分热情地说："只要发展生产，我这里的农资你只管搬去先用。"

第一次，雷根荣赊到价值1000多元的农资，张献斌还主动上山指导他种茶。一晃10多年过去了，雷根荣先后赊账20余万元。他经营的10多亩"丽早香"几年来为他带来近10万元的年收入。

后来，春茶时节，雷根荣把欠张献斌的农资欠款全还了。年底，雷根荣又想扩大再生产，置办炒茶机，一时凑不齐钱。刚刚还清欠款的雷根荣，又多了一张2.7万元的借条。

"张献斌太敬业了。"村委会主任张爱菊感触最深。

多少年，省里把水稻联防联治的试点放在他们村，农忙季节，张献斌总是早上 5 时不到就第一个赶到试验田，这是水稻病虫害防治的最佳时间。

试验田从过去的 500 亩发展到现在的 1500 亩，亩产由原来不足 450 公斤猛增到后来的 650 公斤，光稻谷一项，全村人均增收近 400 余元，而联防联治的农资费用都是张献斌先垫付的。

"他说今年一定要把水稻亩产再提高 20%，可现在……"种粮大户蓝树富哽咽得说不出话。

在陈旧的账单里，钟凤鸣欠单最多，前后有 3.2 万元，但钟凤鸣早已不在人世了。钟凤鸣的妻子雷海凤说："献斌是茶农的大恩人。"说这话时，她眼里泛着泪光。

张献斌还在镇农机站当茶叶技术员时，钟凤鸣意外发现茶园里几株茶叶发芽早、品质好，于是找张献斌商量。他们决定选育，所有费用都先由张献斌垫支。

没想到，钟凤鸣患癌症离世，欠了一屁股债。张献斌担心雷海凤不好意思再去赊账，就对她说："有困难，就开口。账先欠着，不碍事。"临走时，张献斌还留下 2000 元，作为雷海凤儿子上高中的学费。

这几株不起眼的早茶树后来成了丽水名茶"丽早香"，种植面积发展到几千亩，并被邻省茶农引种。后来雷海凤的茶山面积超过百亩，进入了收获的季节，年收入超过 30 万元。

雷海凤说，这几年她一直要还款，可张献斌总是说：

"你先把欠别人的还上再说,那些钱要付利息的。我这里不急着用钱,缓缓再说。"

"献斌,你走好啊!"晚饭前,雷海凤端起刚刚泡好的新茶,向设在正堂的张献斌的灵位深深三鞠躬。豆大的泪珠从她的眼角悄然滑落……

在张献斌出殡那天,冒雨赶去送行的人们排了好长的队伍。在他逝世后的几个月里,熟识他的人们一说起他,就会情不自禁地泪流满面。

雷根荣含着热泪说:"张献斌不是我的亲人,却比我的亲人还亲;不是我的兄弟,却胜似我的兄弟。如果没有遇到张献斌,没有他的信任和鼓励,就没有现在的雷根荣;没有张献斌的帮助和扶持,就没有我年收入 10 多万元的今天……"

丽新乡山村的村民张水亮说:"张献斌是个普普通通、平平常常的人,但他在农民眼里,却是一个真正的领导:一个跟我们说得上话、帮得上忙的好领导。张献斌走了,丽新农技站少了一个好站长,丽新乡的农民们少了一个贴心人……"

张献斌的同事史明星说:"张献斌不仅是我们的领导,更是我们的兄长,他在工作上兢兢业业、一丝不苟,在生活上严于律己、宽以待人。"

莲都区农业局局长潘金发说:"凭着坚韧不拔的精神,张献斌挑起了丽新乡粮油、农经、水果、农机、农情等一揽子农技推广工作;也正是靠着他的努力,只有 6

位农技员的丽新农技站，不仅各项工作都走在全区前列，还把丽新乡打造成了全区粮油、茶叶和水果生产先进乡。"

浙江省莲都区碧湖农技站 58 岁的农技员蔡荣友在得知张献斌的先进事迹以后，十分敬佩地说："张献斌是我们基层农技人员学习的榜样，他甘于清苦、无私奉献的优秀品德尤其值得我们学习。山区工作条件艰苦、收入微薄，但张献斌不计较个人得失，在农技推广第一线一干就是 30 年，让我深受感动。"

与此同时，许多农技干部都主动表示，要向张献斌学习，积极为中央提出的"星火计划"贡献力量，让星星之火越烧越旺。

"星火计划"获得巨大成功

到 1987 年底,"星火计划"实施仅两年时间,就完成各类项目 2800 多个,增加产值 73.9 亿元,新增利税 15.5 亿元,投入产出比例为 1 比 5。

"星火计划"是促进农村科技进步、发展农村经济、使农民脱贫致富的有效途径,对城乡社会发展产生了强烈影响,受到各级政府的重视和农民的欢迎。在联合国一些组织和世界许多国家中也引起了强烈反响。

有的国外学者认为,它可能是世界上一些发展中国家的农村由传统型社区经济向现代型社区经济转化的成功模式。

科技促进了农村经济的发展。截至 1995 年底,全国共组织实施"星火计划"项目 6.6 万项,覆盖了全国 85% 以上的县。

80% 的"星火计划"开发项目面向乡镇企业。仅 10 年时间,"星火计划"向全国推荐了 500 多项星火技术装备,促进了乡镇企业的技术更新和技术改造,培育了上百个产值超亿元、利税超千万的星火企业和产业集团,提高了乡镇企业的技术和管理水平,推动了城乡一体化进程,使农村面貌发生了跨越性变化。

"星火计划"促进了农村产业结构的优化,加速了传统农业向现代农业的转变。

"星火计划"通过将科学技术植入农村经济、发展农村工业项目,引导和带动农村种植养殖业、农副产品加工业向资源型产品和产业发展,有力地促进了农村产业结构、产品结构的调整和劳动力的转移。截至1996年,在全国共建立了127个国家级星火技术密集区和217个星火区域性支柱产业。

"星火计划"坚持"实际、实用、实效"的原则,因地制宜,采取多层次、多形式开展星火培训工作。到1995年末,全国建立了40个国家级星火培训基地,累计培训农村技术、管理人才3680万人次。

"星火计划"增加了广大农民的收入。"星火计划"通过科技项目的开发,推动农村专业化、规模化、现代化生产的发展,增加了广大农民的收入,使农民切身感受到科技就是财富,深得广大农民的拥护和支持。

后来,杨浚十分自豪地说:"'星火计划'是在改革的年代应运而生的,'星火计划'也是以改革的精神搞起来的。国家拨给'星火计划'的经费很少,但是,'星火'以改革的精神,解决了资金、技术、人才等问题。"

"星火计划"是中国改革开放的一大创举,符合中国的国情,符合时代的要求,符合农民的心愿。"星火计划"探索出了一条立足于我国农村经济社会发展的现状和未来发展趋势,依靠科技振兴农村经济的发展道路。为促进农业和农村科技进步,推动农业和农村经济结构调整和增长方式转变，推进农村工业化、城镇化进程，作出了不可磨灭的贡献，受到了广大农民的热烈欢迎。

"星火计划"始终恪守其创立的宗旨，紧紧围绕解决"三农"问题，不断开拓创新，为中国农村从贫困到温饱、从温饱走向小康的历史性转变作出了巨大贡献。

我国星火科技计划自1986年实施以来，星星之火已逐渐成为燎原之势。

科技部部长徐冠华后来指出：

"星火计划"是广大科技人员引导广大农民依靠科学战胜迷信、摆脱贫困、走向富裕的一次伟大实践。20年来，"星火计划"为提高我国农村科技水平，促进农民增收和农村地区的脱贫致富，发展区域经济，全面建设小康社会和创新型国家作出了重要贡献。

三、人民受益

- "我去年卖脐橙收入6000元,养羊、养鹅等养殖收入2万元,这全靠'一户一技能'的帮助。"村民王光清激动地说。

- 种植葡萄的农民们说:"今年,县里科技特派员给我们就葡萄种植讲课,还发了技术资料。如今,我们用技术种葡萄,果多粒壮,葡萄丰收已成定局。"

- 职工李某家发生火灾,王连生和厂里其他领导立即送去3000元……

贵州湖南依靠科技脱贫

贵州省积极实施"星火计划",千方百计引导各地农民学习科学技术,取得了令人欣喜的成绩。

山上瓜果香,山下畜禽欢。这是人们在贵州省榕江县八开乡庙友村看到的喜人景象。

庙友村是榕江县"一户一技能"示范村之一,王光清是其中的示范户。像这样的示范户该县共有1667户,通过他们的示范,帮助4万多农户找到了致富路。

榕江县为提高农民科学素质,实现农村经济跨越式发展,紧紧围绕县委、县政府加快农业结构调整,发展现代化农业的思路,在全县广泛开展"一户一技能"创建活动。

榕江县政府以农户家庭为单位,以每个农户掌握一门以上技能为切入点,以一户一规划、一户一路子、一户一对子为措施,以增收致富、文明和谐为目标,先后在全县建立县级示范点3个、乡级示范点25个、学用转化基地36个、示范户1667户。

1995年以来,榕江县共开展"一户一技能"分类培训4600期,培训40多万人次。

当地农民通过培训都掌握了一技之长。他们利用自己学到的科学技术,积极寻找增产增收途径,很快走上了致富的道路。

"我去年卖脐橙收入6000元，养羊、养鹅等养殖收入2万元，这全靠'一户一技能'的帮助。"村民王光清激动地说。

当地农民通过学习科技找到了致富的金钥匙。如今，他们学习科学技术的热情更加高涨，不少人在劳动之余，自觉阅读农业科技书籍，呈现出良好的精神风貌和奋发向上的致富精神。

湖南省政府在实施"星火计划"的过程中，想方设法让科技进入千家万户。各级政府积极组织科技人员深入农村，帮助农民掌握实用技术，使农民在奔小康的道路上越走越快。

湖南省祁阳县创新科技服务机制，改坐等农民上门咨询为深入农户家中、下到农村田间服务。他们发挥部门优势，通过举办各种农业技术知识培训班、一线指导、示范带动等多种形式，为全县农民解难释疑。

与此同时，农业、畜牧、水果等涉农部门还精选科技骨干，与镇、村、农户和养殖场结成"联姻"对子，为农民提供快捷的服务。

祁阳县全县早稻推广超级稻面积有20万余亩，为了提高农民对超级稻栽培技术特点的了解和掌握，确保粮食增产增收，该县农业技术推广站联合"天龙""银利来"等稻米加工龙头企业，结合农时季节，组织技术人员深入白水、八宝、肖家村等地开展超级稻栽培技术培训，共举办超级稻栽培技术培训班51期，培训农民6万多人次。

在农业科技服务中，祁阳县还培植了一批典型的科技示范户，让示范户成为当地群众了解科技信息和咨询学习技术的"二传手"。

到2000年，祁阳县有3200余人获农民技术职称，有县级以上各类科技示范户近6000户，涉及产业120多个，加快了农业产业发展和农民致富步伐。

祁阳县黎家坪大湾村的葡萄种植大户都对科技下乡的好处称赞不已，他们十分激动地说："以前，我们种葡萄不懂技术，遇到病虫灾害，连农药、化肥钱都搭上了。今年，县里科技特派员给我们就葡萄种植讲课，还发了技术资料。如今，我们用技术种葡萄，果多粒壮，葡萄丰收已成定局。"

造福家乡的"星火计划"带头人

王连生是陕西省岐山县蔡家坡镇岐星村党支部书记,岐星企业集团董事长、总经理兼蔡家坡镇副镇长。

他带领岐星村干部群众,艰苦创业,大力发展村办企业,壮大集体经济,引领村民自食其力建设社会主义新农村,使全村村民过上了幸福的生活。

1983年,岐星水泥厂刚开始创建,王连生就来到厂里,一干就是22年。他从技术员干起,潜心学习,努力实践,很快成为厂里的技术骨干。

1990年,水泥厂进行第一次技术改造,他便挑起了厂里技术改造总指挥的重任。

他和技术人员一起昼夜苦战,自己设计施工,自己安装调试,不知熬过了多少个通宵,将只有7000多吨生产能力的土立窑生产线,改建成具有2万吨生产能力的机械化立窑生产线。

从干技术、做管理到搞营销,王连生干一行钻一行。经过水泥厂多岗位的摔打锤炼,厂里每一个生产环节,市场上每一次波峰低谷,他都了如指掌,并有自己独到的见解。他很快成为水泥企业管理的内行,并取得了水泥工程师、经济师专业技术职称。

1984年8月,王连生担任岐星水泥厂厂长后,眼界更加宽阔，经营思路更加明晰。经过大量调研和推算，他制定出一套"联产联质计酬"管理办法，将职工工资、资金与生产产量、质量直接挂钩，调动了职工的积极性和主人翁意识，使每吨水泥成本下降了15元，一等品率由原来的60%提高到85%。

经过一段时间的磨炼，王连生的目光更加远大、敏锐，他带领水泥厂职工奋力拼搏，加快发展。

经过20多年的艰苦奋斗，水泥厂年生产能力由当初的7000吨发展到后来的300万吨。

设备技术不断更新，成为国内最先进的干法旋窑生产线，固定资产由建厂初的200多万元达到后来的7亿元，销售收入突破了5亿元，年实现利税5000多万元，水泥厂成为岐星集体经济的顶梁柱，一个名不见经传的小厂跻身全省同行业第二。

王连生用自己的智慧和胆略，创造了岐星发展史上一次次的辉煌；用自己的拼搏奉献精神，奠定了岐星事业大厦的根基。

2001年3月29日，王连生在自己的人生历程上，写下了浓墨重彩的一笔。在岐星面临转折和危机之时，他挑起了岐星村党支部书记、岐星企业集团董事长的重任。

在这一特殊时期，岐星的这副担子的确不轻，14个村办企业一多半出现严重亏损，总资产负债率高达102.4%。

一方面是企业管理粗放，已经亏损累累，有的已是资不抵债；另一方面企业又为了求生存，以高息大量吸纳村民集资，使风险越积越大。

王连生感觉到岐星企业像一个患了"败血症"的巨人，只能靠大量输血勉强维持着生命。如果任其发展，那么岐星的整个企业都会被拖入死胡同。曾远近闻名的岐星企业巨舰行进到了一个充满暗礁险滩的危机期，搞不好就有灭顶之灾。

王连生上任后步子怎么迈？市、县领导看着他，岐星的群众看着他，每一个了解、关心岐星的人都为他和岐星的命运捏着一把汗。

在错综复杂的形势面前，王连生显得异常沉稳、冷静。他在岐星这片土地上摸爬滚打了几十年，对岐星的历史、现状都了如指掌，他的每一根神经末梢都和岐星紧紧相连。

王连生在村党委班子会上胸有成竹地说："岐星的出路只有改革，企业的管理机制、经营理念、产权制度已到了非改不可的时候。

"改革是一场自我革命，它首先考验的是我们每一个班子成员。只有领导为改革做出表率，改革才能成功，岐星才能向前发展。"

针对企业管理经营中存在的问题，王连生提出"增效减负，巩固提高，保证生存，重点突破"的治理方针，一场企业管理经营机制的改革在岐星全面铺开。

王连生上任后推出的第一项措施，就是坚决刹住企业乱集资和盲目扩建风，该停的坚决停，该关的坚决关。

长期处于严重亏损、已资不抵债的岐星电解锰厂宣布破产清算，岐星面粉厂、方便面厂等停产整顿。

经过大刀阔斧的改革整治，岐星14家企业关停破产了5家。岐星从危机四伏之中迎来了希望的曙光，岐星有希望了，岐星干部群众的心开始稳定下来。

初战告捷，王连生开始谋划第二步改革。经过深思熟虑，岐星的骨干企业岐星水泥厂、热电厂、建筑公司实施股份制改造的计划提到了党委的议事日程上。

作为岐星的掌舵人，王连生心里非常清楚，股份制改造绝非简单的形式变化，而是岐星一次脱胎换骨的变革，是岐星企业能否走出困境的一次抉择。

王连生在开会时说，股份制改革是一次利益的重新分配，岐星有6000多人口，如何处理好集体利益与村民利益、企业发展与经营者的积极性，是关乎股份制改革成败的关键，也是关乎岐星盛衰兴亡的关键。

此时，陕西省全省乡镇集体企业产权制度改革已进入实施阶段，王连生清醒地看到，周边一些村的股份制改革，有的村集体经济变成了空壳，干部群众开始人心涣散；有的村因利益分配不公，引发了群众到处上访告状。他告诫班子成员，改制一定要慎之又慎，宁可慢，但不可操之过急。

接下来，王连生带头学习国家有关集体企业改制的政策，学习借鉴改制中成功的经验，吸取失败的教训。

经过学习调研和思想动员，班子成员达成了共识：

一是岐星集体经济不能削弱，集体这份家业是岐星人几十年艰苦奋斗的结果，是岐星人实现小康的靠山。股份制改造不能以牺牲集体利益为代价。

二是股份制改造要增强企业活力，要增强市场竞争力。股份制是现代企业制度的发展方向，但绝不会是一股就灵，要通过股份制改造，使企业经营管理迈上一个新台阶。

三是股份制改造不能让村民吃亏，要让村民在改制中受益。

在研究制定股份制改制方案的会上，王连生动员说："企业改制能否成功，是对我们领导班子的一次拷问和检验，是对每一个班子成员的思想、价值观的拷问和检验。"

王连生经过反复考虑，提出改制方案要交村民大会讨论，广泛听取群众的意见；要保证集体和村民的利益不受损失，让村民在改制中看到希望，得到好处。

企业通过改制提升管理水准，增强市场竞争能力，集体经济在改制中得到巩固和提高。在这艰难的转型过程中，他和领导班子成员同心同德，始终以集体和村民的利益为重，为大家做出了表率。

按有关政策规定，企业法人可以得到总股本的10%，王连生可以得到800多万元的股份，可他坚持只拿了1%的股份。

2003年5月23日，在村民代表大会上，到会的162名村民代表全部在方案上签字，表示同意。

这个改制方案经过近一年时间的酝酿讨论，在村两委和村民群众中反复研究讨论了多次，充分征求了大家的意见，因此，它得到了大家的支持。

在实施股份改制过程中，岐星村异常的平静，全村没有一人上访，上级没有接到一封反映信。

2003年10月9日，改制后的宝鸡众喜水泥有限公司、岐星热电公司、岐星建筑房地产开发公司在一片鞭炮声中举行了隆重的挂牌仪式，岐星驶上了新的发展轨道。

在重大决策面前，王连生是一个果断、冷静的人。在群众面前，他又是一个诚实守信、心地善良的人。

他出身贫寒，对职工、村民有一种骨肉般的感情，水泥厂职工王某因意外车祸被撞成重伤，家庭生活困难，他发动全厂干部职工捐款5000多元，帮他渡过难关。职工李某家发生火灾，他和厂里其他领导立即送去3000元，他一颗真诚善良的心得到了干部群众的信赖。

在王连生的带领下，岐星村的干部和群众全力以赴，共同拼搏，在短短的几年时间里，岐星从危机四伏中转危为安。

经过股份制改造后的企业，焕发出了勃勃生机。

集体经济在改制中得到了发展壮大，岐星村集体有了充足的资金为村民办实事。

2003年，村里投资1000万元拓宽硬化、绿化了全村6条主干道，安装了路灯；投资40多万元，改造了农电网，打了深水井。

村民在股份制改革中也得到了实惠，王连生主持制定了《关于岐星村民就业的规定》，全村每户平均有一人在厂里上班，职工持有职工股，村民有赠送股和配股，年底有股息分红。

村里的老干部每月发放100至300元生活补助费，60岁以上的老人每月有100元的生活补助费，农民人均年纯收入达到4350元。

岐星村成为一个闻名陕西省乃至西北的明星村，曾经荣获全国先进基层党组织、全国文明村、全国民主法治示范村、中国行业最大乡镇企业等30多项荣誉，两次受到国务院嘉奖。

王连生在成绩面前并没有骄傲自满，也没有停止带领村民开拓奋进、谋求发展的脚步，而是朝着更高、更新的目标迈进。开朗豁达的他胸怀鸿鹄大志，绘就了建设一流新农村的壮美蓝图。

王连生说："建设新型建材工业园，打造全省第一的水泥制品集团，这对我们岐星村乃至岐山县来说，都是天大的事。"

作为具有很高知名度的"众喜"牌水泥创始人，王连生对自己从事的水泥行业怀有深厚的感情。

王连生说："作为宝鸡六大支柱产业之一，新型建材行业有着重要的地位。目前,宝鸡的水泥行业的产量和规模在全省排名第二,有着良好的扩大再发展基础,我市建设'工业强市',新型建材行业不能缺少,一定能够做大做强。同时,我省要着力建设关中道,搞建设必然离不开使用大量的水泥,这又为我市水泥行业的发展提供了机遇。只要做大、做强我们陕西当地水泥产业,在关中道建设开发中使用当地水泥制品,既可大大降低建材成本,也可拉动宝鸡建材行业的发展,一举两得。"

王连生在谈到农村建设时,充满激情地描绘起岐星村新农村建设的蓝图。他说:"现在全国一些地区率先建成新农村模式,大家纷纷参观学习,在一定时期起到了带头典型示范作用。"

王连生认为,要建设社会主义新农村,必须放眼长远,因地因时制宜,不能一味照搬照学固定模式。因此,在广泛征求村民意见后,他结合村上实际以及人文关爱的和谐社会理念,勾画出了打造一流的新农村画卷。

王连生计划建成 5 个 500 亩的农庄,实施机械化耕作,让有文化、懂技术的村民负责农庄生产经营,其余成熟劳动力可以进企业、进公司等解决就业问题;同时完善养老、文化娱乐等各项社会事业,极大提高村民幸福指数,让人们真正生活在社会主义新农村中。

王连生充满信心地说:"一定要把岐星村建设成为蔡家坡的亮点,宝鸡的亮点,陕西的亮点,更要成为全国的新农村建设亮点村。"

岐星企业集团公司地处陕西省关中星火产业带内。多年来，集团公司跃入"陕西省星火企业20强""国家级星火龙头企业"之列。

王连生是岐星事业的主要创业者之一，却很少在公众场合露面，而是一直在一心一意地做事。由于王连生对"星火计划"的实施作出了出色的贡献，他被科技部授予"全国'星火计划'先进个人"称号。

"星火计划" 带头人带领乡亲致富

2009年2月27日，山东省济南市科学技术大会隆重开幕，济南市委书记焉荣竹将全市科学技术最高奖的证书颁发给了一位久负盛名的农业"土专家"。他就是董家镇张而村农民党员、济南市历丰春夏大白菜研究所所长赵新坤。

自2000年以来，赵新坤承担了国家"星火计划"项目2项、省级科技计划项目8项、市级科技计划项目3项，先后荣获国家"星火计划"先进个人、国家星火科技二传手和全国科技致富能手的光荣称号，还被评为市第九批、区第四批专业技术拔尖人才。

赵新坤与大白菜结下不解之缘要追溯到1968年。

那年秋天，济南气候异常，出现了高温干旱、雨后骤晴等特殊天气，大白菜病毒病、软腐病、霜霉病全面爆发；冬天异常寒冷，唐王、董家等大白菜主产地大多地块因寒冻而绝产。对农民来说，绝产就意味着冬天饭桌上的菜没了，年仅19岁的赵新坤看在眼里、痛在心上，下决心要找到抗病抗冻的大白菜新品种。

赵新坤跑到山东省农科院蔬菜研究所找专家咨询。专家告诉他，到白菜绝产最严重的地里找几棵尚能存活的白菜，它们最能抗病、抗冻。

赵新坤回到家乡以后,将尚存的白菜运回家,保留到来年春季,产生自然混杂种子,从中选育抗病性和抗冻性强的白菜。经过几年潜心研究,他终于成功育成抗病、抗冻的白菜新品种,解决了冬天饭桌上的吃菜难题。

接下来,赵新坤又开始思考这样一个问题:"从小到大吃的白菜都在秋冬季长成,春夏季怎么才能有白菜呢?"他又开始了新的研究。

20世纪90年代,日韩的春夏季大白菜种子输入中国,赵新坤引进了部分种子种植,但一次次试验都失败了,原来是这些种子不适应济南的大陆性气候。

从此,赵新坤一门心思研究适应大陆性气候的春夏大白菜,先后从日本、韩国及国内15个省市征集和保存了2160余份大白菜种子资源,经过无数次杂交制种研究,终于在2002年研制成功,而且产量与日韩春夏大白菜相比大大增加。

赵新坤特别注重抗病育种材料的筛选和利用,创造了"春夏大白菜一年两代繁种新技术",提高了目的株选择的准确性,解决了大白菜育种良繁中成株选择与制种的矛盾,大大节省了育种时间。

赵新坤经过艰苦探索,先后育成12个适合春、夏、秋不同季节栽培的大白菜新品种,其中7个通过国家级审定,5个通过省级审定。

赵新坤非常重视科学研究与生产实践的紧密结合,注重加快科技成果的转化与推广,使科技成果尽快转化为生产力，带动农民共同致富。

赵新坤育成的大白菜品种在全国 20 多个省、市、自治区累计推广种植 1100 余万亩，新增经济效益达 30 多亿元。

他研究提出的"节能日光温室蝴蝶兰高效栽培技术"，在日光温室墙体结构、覆盖方式、室内环境条件调节等方面有创新，率先实现了亩产值 30 万元以上的高效益。

他研究推广的"设施草莓高效栽培新技术"，改变了过去的单一草莓栽培模式，使亩产值稳定在 3 万元以上，已成为当地发展高效农业的主导产业、农民致富的拳头项目。通过推广高产高效新技术，累计新增经济效益 15 亿元。

与此同时，赵新坤积极探索出"公司+基地+农户"的发展模式，合理流转 10 个村近千亩土地，使大白菜良种、花卉苗木实现了产业化运作，带领近 3000 户农民共同致富。

赵新坤一直认为一人富不算富，大家富才算富。他适时成立济南世珍种业花卉有限公司，主动安排上百名村民在自己的公司工作，带领他们共同致富。他还经常举办农民培训班，传授良种和栽培技术，带动蔬菜、草莓产业得以迅速发展，促进农民增收。

多年来，赵新坤先后投入数十万元为村里修公路、建学校。

2006年,赵新坤成立"尊老助残"基金会,评选尊老敬老标兵。

此外,赵新坤还毫无保留地将致富技术传授给外地群众,帮助他们共奔小康路。在赵新坤的热心帮助下,聊城市茌平县王老乡小杨屯村已成为鲁西北科技明珠。

小杨屯村党员干部群众为了表达对赵新坤的感激之情,特意送了他一副牌匾,牌匾上书:

传技术热心为民,
恩难忘友谊长存。

葡萄大王热心助人脱贫

2004年8月16日，在第三届中国优质葡萄擂台赛上，山东省平度市大泽山农科园艺场场长昌云军培育的3个品种参加了5个项目的角逐，在全部19个奖项中独获5个奖项，100%的中奖率据说在全国的比赛中是绝无仅有的。

提起昌云军，知道他的人自然而然地就会想起葡萄。他在葡萄新品种的引进、试验、示范、繁育、推广方面摸爬滚打了几十年，如今已小有成就。

1984年，昌云军创办了农科园艺场，主要从事葡萄生产和新品种的引进、试验工作。他是一个辛勤的园丁，顶烈日、冒风雨，将全部精力放在农科园艺场中。

1992年，昌云军的农科园艺场被中国农科院果树研究所定为试验基地；后来又连续被评为先进试验基地、中国林果苗木行业AAA信用企业，与日本、美国、韩国有着密切的业务往来。

据不完全统计：昌云军农科园艺场18年中累计销售苗木2000多万株，发展葡萄种植户8万多户，当地农户受益面高达98%以上，取得经济效益1.08亿元。企业成功的奥秘在哪里？是"公司+农户"的经营理念，使该园艺场锻铸出新时期社会主义市场经济产业化新链条，走出了一条崭新的道路。

　　能否处理好公司与农户之间的利益关系，如何增加农产品的科技含量，实现农产品高产高效，是"公司+农户"模式能否运行的关键。在这一点上，昌云军放眼长远，"伤农的事一件不干、坑农的钱一分不赚"，绝不"伤农""坑农"。

　　昌云军按市场规律办事，帮助果农销售产品，确定果农满意的销售价格，保证让农户的每亩葡萄收入在千元以上。那些为他育苗的果农，每户每年仅育苗收入就超过万元。利益共享已成为平度市大泽山农科园艺场与果农之间紧密相连的纽带。

　　作为中国农科院果树研究所在全国唯一的葡萄基地，昌云军深知责任重大。他努力学习，拼命工作，几年来，共在各类专业刊物上发表葡萄论文 60 余篇，并撰写了《美国红提葡萄栽培图册》《葡萄新品种新技术》《中国大泽山葡萄》《葡萄大王昌云军》等专著，参与编写了《果树新优品种推介》一书。由于具有基层的生产经验，他写的书通俗易懂，实用性强，容易掌握。《美国红提葡萄栽培图册》和《葡萄新品种新技术》被列为全国"星火计划"培训丛书。他出的书大都免费送给了果农。

　　2001 年 7 月 5 日是昌云军难忘的日子。在这天，他通过 10 余年努力选育的 3 个极早熟葡萄新品种农科一号、农科二号和农科三号通过专家鉴定。10 余年的努力得到了专家的认可和赞同。

几年的辛苦耕耘结出了累累硕果。昌云军和他的农科园艺场逐步发展壮大，成为葡萄种植的知名企业，并受到党和政府的表彰。昌云军先后被评为青岛市农村优秀专业人才、山东省农村创业致富带头人和山东省十大科技能人，受到时任青岛市委书记张惠来和市长杜世成的接见。昌云军的农科园艺场也被评为中国农科院果树研究所先进基地、全国苗木行业信用企业。

2003年11月，中国科协组织"全国百名科技大王进阜新活动"，昌云军捐赠4万元的葡萄苗，支持当地农民尽快在经济上转型，并对当地的果农进行了专业培训。由于成就突出，他被阜新市委、市政府聘为农业科技顾问。昌云军还受到中国科协的表彰。

2004年，正值邓小平诞辰一百周年之际，中国科协在邓小平的故乡四川广安举办"全国百名科技大王进广安"活动，昌云军作为全国唯一的葡萄大王参加了这项活动。他捐献了价值10万元的葡萄苗，帮助广安人民脱贫致富。

争做"星火计划"的火炬手

魏建芳是林州市人大代表,林州市合涧镇北小庄村党支部书记,安阳市、林州市十佳农民标兵中的"科技致富标兵",还被评为"星火计划"带头人。

在魏建芳的追求中,他要力争做一个"星火计划"的火炬手,带领人民群众在星光大道上不断前进。

魏建芳出生于北小庄村一个普通农民家庭。由于兄弟姐妹7个,他排行老大,以致在那个贫穷的年代里,便过早地饱尝了生活的艰辛和困苦。上初中时,他就发誓,长大后一定要学一身本领,让家里结束贫穷,让父母和兄弟姐妹们过上好日子。

为实现夙愿,20世纪80年代初,他在高中毕业第一次高考失利后,毅然放弃复读,加入"十万大军出太行"之列。

在这期间,魏建芳除坚持刻苦学习建筑知识外,还从书店买来许多农村实用养殖技术书籍进行自学。之后他凭借从打工经历和书本中学到的建筑知识,通过四处借贷资金,组建了自己的施工队伍,承揽了晋城矿务局的工程项目。

由于管理得法,所建工程项项达标,他很快便在晋城市建筑市场站稳了脚跟,实现了脱贫致富,并积累了相当一笔资金。

魏建芳知道了国家鼓励用短、平、快科技项目促进地方经济振兴的指示精神后，就愈来愈强烈地萌发了回家乡开展规模养殖的念头。他多次前往东北、江南一带考察，经过周密调查和思考后，毅然决定利用家乡山多坡广的自然条件进行梅花鹿规模养殖。

此言一出，不仅全家人反对，而且村里也像炸了锅似的议论纷纷，不少人说他简直是异想天开，嘲讽他不把挣的几个钱抖落光不会回头！

但是，已饱读科技书刊，对国家鼓励支持短、平、快科技项目坚信不疑，对养殖梅花鹿成竹在胸的魏建芳，并未理会这些冷嘲热讽，而是在征得村里同意和支持后，先行在村西红旗渠第一干渠西岸之上规划了50亩山坡，投入40余万元资金，按照书刊上介绍的方式，自行设计，自行施工，建起了养殖场。

养殖场建起来之后，魏建芳马上投资70余万元从吉林省长春市双阳县引进了80头梅花鹿，开始了特种养殖。

为尽快熟悉梅花鹿的生活、饮食习性，魏建芳在最初的那几年中很少睡过一个囫囵觉，经常在圈房一蹲就是半天，晚上不知起来多少次进行观察，并根据书刊上介绍的饲养、管理方法和经验，很快熟悉了梅花鹿饲养技术，逐步实施了规模发展，饲养量达到了150余头。

为便于管理，他又投资1万多元购来电脑，将每头鹿的详细资讯输入程序，鼠标一点，所有情况便可一目了然。

为增加品种，他相继从吉林引进了具有成熟早、抗病力强、适应性强等特性的多种优良品种。

为提高梅花鹿养殖附加值，拉长产业链条，魏建芳四处求贤，寻求技术支持，经熟人介绍，得到山西省医药研究所的大力支持，相继开发了鹿茸片、鹿骨酒、鹿血膏等30余个鹿营养保健产品。

由于品质好，深受用户好评，很快销往全国各地，经济效益大为提高，每年销售收入达40多万元。

魏建芳饲养梅花鹿取得成功经验，在获得较好的经济效益后，经有关部门推广和新闻媒体报道，引来了不少参观学习者和要求参与养殖者。

本村的郭凤芝、安阳县水冶镇蔡明信、林州市茶店乡郭学清等10多个养殖户在他的支持和帮助下，很快建成了梅花鹿养殖场，并逐步由少到多，形成了规模。

魏建芳在经济实力进一步增强以后，相继拿出1万余元资金，支持村里发展公益事业，帮助特困户群众渡过生活难关，深受群众好评。

2003年5月，魏建芳在全村党员、干部、群众的大力推举和镇党委的支持下，出任北小庄村的党支部书记。

魏建芳重任在肩，面对的是村委财务账上的现金余额不足100元的"家"底，在先后拿出6000多元钱支持村里抗击"非典"的同时，多次召集班子成员认真分析村情，带领大伙儿一次次前往位于村西红旗渠第一干渠西岸之上的8000亩荒山中思谋对策，并一有空就深入到村里，向老党员、老干部征询发展大计。

他集思广益，将发展思路确立为"招商引资走活工业棋局，优质服务，大上外建工队，生态养殖实现跨越发展"的思路。

按照新的发展思路，魏建芳带领村两委一班人，首先制定优惠政策，吸引外来资本兴办企业，实行了凡来本村投资办厂，所占土地需要多少提供多少，并负责开通"水电路"的政策。

先后吸引本村及外村各一名在山西从事外出建筑的工队长办起了两个石英砂厂，当年产值分别达到200万元、300万元；连同原有的两家石英砂厂，2004年4个厂总产值达到3000万元，创利税200万元。同时，将村里一家死滞达8年的金属镁厂改制，新上一家碳素厂，连同过去的一家磁选厂，工业企业达到5家，企业每年利税达到150余万元，安排剩余劳力110余人，为群众脱贫致富铺平了道路。

为巩固发展外建工队，每年春节前后对工队长进行慰问，春节后村委会召开座谈会征询发展大计，魏建芳带领村委作出决定：工队长家里的婚丧嫁娶，以及家庭成员出现生灾病难等由村里帮助解决；凡新上工队资金出现困难，由村里帮助协调解决。

蓬勃发展的外建工队不仅使全村700余名中青年劳

力外出打工无忧，每人每年收入可达1.2万元左右，而且积极反哺村里的公益事业。

从2003年起，20多家外建工队共拿出12万元资金支持村里发展公益事业，受到了村民的广泛好评。

为大力发展规模养殖，村里以村西红旗渠第一干渠西岸之上的8000亩荒山为依托，于2004年投入80余万元资金，规划建设了一个占地3000余亩的无公害规模养殖示范园。园内水、电、路、通信设施一应俱全，并在林州市畜牧局支持下，在园内设立了技术服务站，进行全程跟踪技术服务。

栽得梧桐树，引得凤凰来。从2004年6月开始，林州市粮食局投资200万元的千亩土鸡散养项目，小屯粮库投资300万元建设的红旗养殖场，工队长孙杰生投资500万元兴建的林州万龙猪场，孙法生投资800万元的占地100余亩、年出栏1.5万头生猪的鸿帅养殖场，还有太行种猪场和白泉奶业公司，连同魏建芳创办的太行种鹿场等12家大型养殖场，均进入规模养殖示范园，促使示范园成了年产值超亿元的闻名安阳市近百个乡镇的养殖密集示范区。

在这期间，万龙猪场、鸿帅养殖场分别投资10万元、15万元，引进新英系列、新加系列长白种猪、新丹系列长白种猪、美系杜洛克种猪等优良新品种母猪1500余头；太行种鹿场投资20万元从黑龙江引进"兴安6号"优良梅花鹿，太行种猪场为林州10多家养殖场提供了1500头优质母猪，实现了利润150万元。

这些大型养殖场均实现现代化封闭式管理，被河南省畜牧厅挂牌的豫北最大无公害规模养殖示范区、林州市特种养殖示范区、生态养殖示范村，畜产品远销沪、港、澳等地，并出口欧洲等国外市场。

为促使本村涌现出的5个养猪场、2个养鸡场向规模化养殖发展，村里在魏建芳的支持下，又在"无公害"规模养殖示范区北边，新规划了500亩"北小庄农户集中养殖基地"，实行了"统一养殖标准、统一购进饲料、统一防疫、统一销售渠道"的"四统一"服务方式。

此外，村里还针对过去发展的近千亩板栗、核桃、山楂园因实行一年承包一次方式形成的掠夺性经营，导致果树病害严重、品质低下、产量锐减的状况，由魏建芳提议，实行了承包期一定50年不变、一次性交清承包费的措施，促使3个果树承包户放手加大投入，引进新品种进行品种改造，于是效益大增。

核桃园承包户李建增2004年实现销售收入30余万元后，逢人便讲："要不是老魏帮咱发展，咱怎么会有今天！"

三年强力发展，硕果累累。北小庄村人均纯收入在2002年2800元的基础上，达到2005年的4300余元。

北小庄村在魏建芳带领下，在经济建设实现跨越式发展的同时，全面小康社会建设也分外红火。

为加快旧村改造步伐，从2004年下半年开始，魏建芳带领村两委一班人，实行"零距离接触、心与心交融"的思想工作方式，对妨碍村镇规划的建筑物，凡房主长期在村居住者，除实行搬迁建房优先安排宅基地外，拆迁工程由村里协助进行；凡举家外迁不再居住的房屋，则由其与主抓房建的副职一起，携带礼物，四处登门拜访，协调解决。

魏建芳等先后前往林州市区、水冶集镇、安阳市区10多名祖籍为北小庄的离退休干部、职工家中进行沟通，得到了86岁的离休老干部李银堂、原在安阳钢铁公司水冶炼铁分厂工作的退休职工李明书等同志的大力支持。为了支持村里工作，大伙一致表示，自己不住的旧房该拆就拆，该占就占。

在大家的带动下，村里近20多户村民积极响应，相继展开拆迁，仅半年多时间，便腾出空闲土地20余亩，为进行村镇规划和建设打下了良好基础。

为让全村干部、群众真切感受到加快新农村建设步伐的魅力，魏建芳带领村两委一班人，经与本村所有工业企业、外建工队协调，先后争取来15万元资金，在对村委会所在地北小庄村3条全长600米的主街道硬化后，又对北小庄通白甘泉自然村、椒园自然村、西荒自然村3条道路进行拓宽硬化，总长度达1200余米。

同时，针对12个自然村群众行路难的问题，魏建芳带领村两委的工作人员筹集资金40余万元，架设3座大桥，方便了全村群众的生产和生活。

时年已经 70 多岁的老党员付长生面对本村巨变的现实，逢人就说："建芳这支书才真叫为群众干事的支书，以前几十年办不了的事，两年就办成了，咱上哪去找这样好的人才呢！"

为加快生态家园富民沼气工程实施步伐，魏建芳带领村两委一班人实行了两手抓举措。一是多次前往镇政府和市里有关部门，寻求资金和技术支持。从 2004 年以来，先后为建沼气户争取到 10 余万元资金。二是带头示范建池。他于 2004 年投入 2 万元资金，在种鹿场内建成了一座 100 立方米的大型沼气池。

在魏建芳的带动和村里的大力支持下，北小庄村以"一池四改"为中心的富民工程很快全面开展了起来。在 2004 年建成 20 个沼气池的基础上，2005 年上半年建成 70 余个，总数达到 90 余个。

日益增多的沼气池不仅使每个农户每年节约燃煤用电费用 500 多元，而且彻底改变了过去牲畜粪便露天堆放，春、夏、秋三季粪水横流、蚊蝇乱飞、臭气熏天的状况。充足的沼渣、沼液代替了农药及化肥，为粮食大幅度增产提供了有力支持。

为加强精神文明建设，魏建芳首先从增强村民的科技意识抓起。村里先后投入 3 万余元资金，在村委办公楼内专门腾出两大间屋子，在市科委、文化局支持下，建起了科技书屋；争取来关于农、林、牧、养殖方面的图书 1000 余册及 200 余盘光盘，并充分利用党员电教室内的电视机、VCD、录放机设施，实行每周三、周五晚上为干部群众播放的制度，为干部群众学习实用技术知识提供了方便。

从 2003 年开始，每年重阳节到来之前，由村里按人均购买 20 多元礼品，村干部逐门逐户前往 100 余名 70 岁以上的高龄老人家中进行探望慰问，并对特困户家庭予以特殊照顾。

与此同时，为解决北小庄全村村民子女学前教育困难，村委会于 2005 年多方筹集 4 万元资金，在中心村北小庄建成了一所标准化的幼儿园，先后吸收了 80 多名幼儿入园学习。

魏建芳真不愧"星火计划"的带头人和火炬手，在他的带领下，一个欣欣向荣的北小庄村正阔步迈向美好的明天。

各方盛赞"星火计划"造福人民

在实施"星火计划"的过程中，各地培养了数以百万的农村各类技术人才，建立了各类群众性科技机构数万个，涌现出一大批领办支柱产业、创办科技先导型企业的指挥员和开拓者。"星火计划"的实施，为科教兴农、建立社会化科技服务体系、促进乡镇企业的健康发展，起到了显著的示范作用；开拓了一条科技与经济结合、促进科技成果商品化的有效途径；闯出了一条发展农村经济可行的道路；开辟了广大科技工作者贡献聪明才智的广阔天地。

"星火计划"像一面旗帜，引导着亿万农民逐步告别落后的自然经济观念，走上依靠科技发展农村商品经济的大道，向着社会主义现代化的目标前进。

"星火计划"以及各项科教兴农计划，都是"经济建设必须依靠科学技术，科学技术工作必须面向经济建设"方针在广大农村的正确体现，是解放和发展科学技术第一生产力的成功实践，是建设社会主义新农村的有益探索。

2006年10月31日，在南宁举行的第三届中国—东盟博览会开幕当天，位于3号展馆的中国"星火计划"20周年成果展一亮相，就吸引了众多来自东盟各国的客商和国内专业人士的目光。

新疆特甜的葡萄、黑龙江结实的玉米、河北香脆的苹果、陕西彩色的甘薯……这些看起来平常的农作物品种,实际上却充满了"技术含量"。因为这些农作物优良品种不仅普遍具有高产、稳产等特性,还具有抗病能力强、品质佳等特点。

走进3号展馆,人们马上就能够感受到强烈而浓郁的星火科技氛围。以黄色和绿色等为主色调设计的整个展馆,洋溢着生机勃勃的气氛。以图片、文字、实物、音像等形式,静态、动态和互动等方式展示的农村先进适用技术和"星火计划"成果让观众目不暇接。

除了农业新品种和农用设施设备之外,展区展出的农产品加工技术、种植养殖技术、生物医药、农用化工、农业信息化、新材料技术及产品、新能源及节能技术等其他先进的项目成果也让现场的观众大开眼界。

全国32个省、市、自治区,新疆生产建设兵团以及4个计划单列市共筛选676个有地方特色和产业特色的"星火计划"项目参展。参展企业达614家,展示的均是全国各地优秀星火科技成果的代表,技术成熟,先进适用,具有解决农业和农村生产一线实际问题的能力,对促进农业增效、农民增收具有显著效果。

对于实施"星火计划"带来的成果,全国各地的人们可谓有目共睹。一个记者这样写道:

多年以来，在我国广大农村，"养鸡为换盐，养猪为过年，养牛为耕田，一间茅屋一盆火，除了神仙就是我"成为农村经济状况的真实写照。1986年国家科委正式启动了依靠科技进步振兴农村经济、普及科学技术、带动农民致富的"星火计划"，从而，一大批科技成果在田间地头转化为新的生产力和经济增长点，并日益成为农民脱贫致富、参与国际竞争的法宝。

河北省科委在国家"星火计划"项目办的支持下，组织有关专家实施了"蛋黄卵磷脂提取及鸡蛋综合利用技术"项目。他们以鸡蛋黄为原料，利用超临界里萃取高新技术提取纯化卵磷脂、胆固醇、蛋黄油等高附加值产品，提高鸡蛋的附加值，从而提高蛋鸡养殖效益。

据调查，我国医用卵磷脂需求量很大，目前主要依赖进口，另外蛋黄卵磷脂是传统的大豆卵磷脂的升级产品，有效成分含量比大豆卵磷脂高，而且人体易吸收，并克服了大豆卵磷脂工艺复杂的缺点。专家指出，我国鸡蛋产量很大，但未能实现综合利用，通过对鸡蛋进行深加工，使其转化为高附加值产品，将进一步提高鸡蛋的综合利用水平，改变其初加工和直接销售的产品结构，也将进一步推动全国农村蛋鸡养殖业的发展。

为加强农村科技信息化的建设，科技部于去年开通了中国"星火计划"网站。北京市科委抓住这一机会，在全市农村建设了"星火计划"网络系统信息管理平台，连通了国家、市、区三级管理网络。昌平区、平谷县等地农民开始接收"网上订单"，他们将绿色蔬菜和优质水果信息在网上发布后，交易量猛增。如今，平谷优质桃、昌平小汤山镇的绿色蔬菜行销日本、中国香港等地，农民人均增收7000元以上。

目前，鲁西的优质牛肉走进了北京的许多宾馆饭店，这是星火项目"鲁西黄牛加工及配套养牛基地建设"所取得的成果……

从20世纪90年代开始，我国星火项目开始走出国门，先后在泰国、埃及、巴基斯坦、南非等国家举办了展览会和博览会，取得了辉煌成果。仅2000年，全国星火项目就为国家创汇140亿美元。

"星火计划"提高了乡镇企业的技术和管理水平，推动了城乡一体化进程。"星火计划"80％的开发项目面向乡镇企业，10年间，"星火计划"向全国推荐了500多项星火技术装备，促进乡镇企业的技术更新和技术改造，培育了上百个产值超亿元、利税超千万的星火企业和产业集团，使农村面貌发生了跨越性变化。

"星火计划"促进了农村产业结构的优化，加速了传统农业向现代农业的转变。"星火计划"通过将科学技术植入农村经济，发展农村工业项目，引导和带动农村种植养殖业、农副产品加工业向资源型产品和产业发展，有力地促进了农村产业结构、产品结构的调整和劳动力的转移。

"星火计划"增加了广大农民的收入。"星火计划"通过科技项目的开发，推动农村专业化、规模化、现代化生产的发展，增加了广大农民的收入，使农民切身感受到科技就是财富，深得广大农民的拥护和支持。

"星火计划"项目以技术含量高、经济效益好赢得社会特别是金融部门的良好的信誉，形成了一种以国家少量资金引导，银行贷款、企业自筹资金为主的市场融资机制。

联合国亚洲及太平洋经济社会委员会理事会代表考察了"星火计划"后，指出：

> 中国"星火计划"的有益经验，已为向亚太地区其他国家推广"星火计划"的政策、设想及方法提供了足够的素材。

据科技部"星火计划"办公室的同志介绍：

> "星火计划"实施以来，各级财政投入"星火计划"的资金达 64.8 亿元，带动社会投资

2615.5亿元，产生了巨大的经济和社会效益。

如今，科技部正在制定"星火西进计划"，准备在西部12个省区建设20个星火科技示范县，以此促进西部的大开发战略。

科技部还进行星火科技人才的培训。"星火计划"已显示出燎原之势。

"星火计划"的实施在科技与经济结合、科技与金融结合、中央与地方结合、政府与农民结合等方面，探索了一条具有中国特色的依靠科技发展农业和农村经济的道路。

"星火计划"以市场为导向，以经济实体和乡镇企业为载体，追求技术含量，使星火技术和产品在较长时间内占有市场优势，使星火企业能在市场竞争中领先一步。

"星火计划"实行以项目带技术、带资金、带人才，合理配置资源；支持、鼓励科技人员、科研单位参与"星火计划"，建立多种形式的科研生产联合体；通过广泛的技术协作，开发星火产品和技术；动员并依靠社会力量推动"星火计划"不断发展，取得了十分理想的成绩。

"星火计划"的出台，与宋健有着密不可分的关系。后来，有人在文章中这样写道：

宋健首倡"星火计划"。其宗旨是"把科学

技术的恩惠撒向人间"。

"星火计划"1985年试点,翌年全面实施。

这把"火"把先进适用的科技成果和商品经济的概念、生产方式传遍广大农村。科技界千军万马进入广阔天地,推动了中国农业现代化和农村工业化的进程。对于渴望科技的广大农村来说,犹如春风甘露。

这把"火"立足中国国情,参照世界潮流,解决中国的问题,是中国科技界的一桩善举。

本书主要参考资料

《国史全鉴》本书编委会编 团结出版社

《共和国要事珍闻》郑毅 李冬梅 李梦主编 吉林文史出版社

《中国大决策纪实》黄也平主编 光明日报出版社

《中南海三代领导集体与共和国科教实录》岳庆平主编 中国经济出版社

《星火计划二十年探索与实践》曹一化 王喆主编 中国农业科学技术出版社